二流でいこう

一流の盲点
三流の弱点

ナガオカケンメイ

目次

第2章　一流と三流を知る。

第3章　ナガオカケンメイという二流。

僕は最終学歴が高卒というコンプレックスを持っている。常に学歴社会の中でエリートという人々に引け目を持ち、ときにはわかりやすい扱いも受けた。そのどうにもならない状況で、彼らと対等に渡り歩くには「開き直り」と「彼らにはできないこと」を獲得するしかなく、現実にそうしてきた。その結果、誰もが知っているエリート大学卒の大人から「どうしたらそんなことを考えつくのか、うらやましい」と言われることが何度もあった。この瞬間にある「あなたは一流かもしれないが、二流意識では、絶対にあなたには勝てる」という状況のパワー。この妙な意識、特殊なプライドが、オリジナルな発想へのこだわりと、社会でバランスをとることを、僕に教えてくれた。

一流は一流の中にいないと一流であり続けられない気の毒な面も見えた。自分がいまを意識できたことで、三流とは何かもはっきりと見えた。そして、一流、二流、三流が見えたことで、それぞれが、ものごとを進めていく上での重要な役割であることに気づき、自分は二流だと意識し続けることの意味にも目覚めた。

この手の話は、通常は上下関係、優劣の話ではある。しかし、別の角度から見ることができた僕は、それぞれが個性的で、意味のあるポジションだと感じた。三流は一流にできないことができたりする。そして、二流には三流と一流の動きが見える。決して、一流はすべてがすごいということではない。

日本人はある時代、アメリカという一流を追いかけた。しかし、アメリカになれないことを思い知り、独自の立ち位置を確立したように僕には思える。それは「二流」なんだと考える。日本の高度成長は「俺は二流」だという開き直り。総中流階級というそんな開き直りで、俺たちにしかできないことをじっくり自分のペースでやろうというリズムが生まれたのではないかと思う。

この本は、自分の中の葛藤《かっとう》とともに、刊行決断までに何度もお蔵入りを繰り返した。自分で「二流宣言」をすることで、何がどう起こるかが、見えるからだ。しかし、その要素の中には、これを出すことでより拍車をかけて残りの人生を割り切って独走できる「いい意味でのあきらめ」も含まれる。そして、これから僕はそうしていくだろう。

なかなかうまく語られることのなかった「二流」という面白い立ち位置を、この機会に興味深く考えてほしい。

デザイン活動家
ナガオカケンメイ

第1章　僕は三流からはじまった。

ナガオカケンメイは「二流」だ

これまで僕の本や原稿を読んでいただいたみなさんには、うっすら見えていることでしょうが、僕は一流ではありません。ただ、三流でもありません（ずうずうしくもすみません。願いも込めて）。

僕はこれまで、自分の考えていることや気づいたことを形に残したいと思いながら、数年にわたってブログを書き、『ナガオカケンメイの考え』、『ナガオカケンメイのやりかた』、『ナガオカケンメイとニッポン』という本にまとめてもらいました。

書籍のタイトルに自分の名前を付けたのは、僕の要望です。そうしたのはもちろん、あくまで「僕の考え」だったり「僕のやりかた」だからですが、「ナガオカケンメイ」という人間が見る何かから、発見をしてもらえたらうれしいと思って本を出した。で、今回はナガオカ的な視点で、自分が所属している「ゾーン」の重要性を綴《つづ》っていきます。

僕には「自分の立ち位置や役目、自分の大きさ」を、自分で把握したい願望が強くある。常に相手の位置を強く意識します。それは言葉を変えると「コンプレックス」と言えるかもしれません。

たとえば、僕がメインっぽい対談を申し込まれたとき、自ら聞き役に回ることがよくある。それは相手の方より僕のほうが格下だなと思うから。相手はそう思わなくとも、僕は自分の中で、何と言うか「ゾーン分け」、もっと下世話に言えば「ランク」を見る。人をそんな目で見てけしからん、という話になるかもしれないけど、僕はそうしないと無理なのです。

司会者がいるイベントに呼ばれて、壇上にゲストが何人か並んだ場合も同じ。自分と同じ立場のゲストがいても、その人よりランクが下だと思えば、何を言われても自分の立ち位置をわきまえ、キープし、しっかり場を盛り上げる役に徹する。実は、聞いているほうは、立場が明確になればなるほど面白いと感じるのだと思っています。

この本は、僕という「三流」が、「自分は一流でも三流でもないぞ」という意識で生きてきて、よかったと思うことを書いていく。もっと言うと「一流にとって二流がいることの意味」「三流にとって二流がいることの意味」なども。つまり僕は、世の中にとって「オレは二流だ」という意識が、とても意味深いと考えているのです。

一流・二流・三流は、ランクの話だけではない。しかし、「ランク」とかぶせていくことで、「あきらめ」とか「前進」が見えるのではと思い、あえて最初にこんなことを書いています。ややキツいですが。たぶん、いろいろ言われるでしょうね。「お前は三流以下だ」とか……（笑）。

こんな話をすると、「いやいや、ナガオカさんは一流ですよ」と言ってくれる方がいる。しかしまったくもって、１ミリたりとも、自分が一流ゾーンにいるなんて考えたことも感じたことも、その願望すらもありません（それはこの本を読み進めていくうちにジワジワとわかっていただけるはずです）。

だからこそ、この本では二流の立場から、一流とは何か、三流とは何かについて綴っていきます。そして最後には、それが実は「ランク」なんかではなく、「役回り」のことではないかと感じてもらえるといいなと思いながら。

最終学歴が高卒というコンプレックス

僕はコンプレックスを持っている。それは、最終学歴が高卒というものだ。学歴社会の中で、エリートと呼ばれる人に引け目を感じ、ときには基準外と区別されるというわかりやすい扱いも受けた。

高校を卒業し東京に出てきてデザイナーとして働きはじめたとき、僕は社会にはいろいろな序列があることに気づいた。上司と部下、クライアントとデザイナー……。

小学校から高校まで、勉強という勉強はまったくと言っていいほどできなくて、体育と図工だけが5で、そのほかは全部1か2。もちろん、先輩後輩みたいな上下関係はあったけれど、序列を感じることはなかった。

それが、社会に出てみたら、世の中は意外と学歴社会。自分がすごいと思う人は、みんな大学を出ていて、基礎的な頭の悪さはどうすることもできなかった。初めて、自分が三流であることを突きつけられたと言えるかもしれない。

僕の思う「頭のいい人」を違う言葉で言うと「記憶力のいい人」になる。とにかく、記憶力がいいことが頭のよさの第一ステップ。僕はその力が異常に弱く、コンプレックスの半分は記憶力に関することだと思う。きっと、がんばって覚えるというコツを、どこかに落としてきたんだと思う。

英語を流暢《りゅうちょう》に話す人に「なんでそんなに英語が上手なんですか?」と聞くと、「とりあえず英単語を並べればいい」と言われることがある。でも、僕はその単語がまったく覚えられない。

たとえば、僕の中での「国語」とは、まず漢字を覚えることだ。冗談ではなく本当の話。会社やプロジェクトをやっていると、契約書や難しい書類を、みんなの前で読まなければいけないことがよくある。そこに、1文字でも知らない漢字が出てくるのが恐怖。「そんな漢字も読めないの？」と思われたくないし、そんなかっこ悪いところは見せたくない。

「覚えるだけで話せる」「覚えるだけで試験には通る」と言う人がいる。反対に「覚えるだけの詰め込み教育なんて、頭のよさじゃない」と言う人もいたり……。

これらはみんな、頭のいい人の意見だ。「いい大学を出ていても仕事ができない人はたくさんいるし、中卒でも総理大臣になる人だっているじゃないか」なんて言う人もいる。でも僕からすれば、学歴のある人にこう言われてもピンとこない。

自分でも、記憶力とか学歴が、なんでこんなに気になるんだろうといつも考える。でも、とにかく異常な劣等感を持っていて、それはいまも変わらない。

デザイナーのままでいれば、このコンプレックスを隠し通せると思ったこともあった。

「ナガオカはバカだけど、デザインはできるよね」と。

でも、社会に興味を持つようになり、デザイン自体にも疑問を抱くようになり、D&DEPARTMENTというロングライフデザインの商品だけを扱うショップをつくった。本を何冊も出したし、日本に残る、若い感性に訴える定番のデザインスポットを紹介する『d design travel』という雑誌も創刊し、全国を回って原稿を書くようになった。いろいろなプロジェクトで総合ディレクターを務めることが多くなり、講演やトークショーなど人前で話をしなければならないことだって増えている。

どうしようもないコンプレックスの中で、学歴のある人たちと対等に渡りあうには「開き直り」が必要で、「彼らにはできないこと」を獲得するしかないと思って、そうしてきた。すると、ときに誰もが知っているエリート大学を出た人から「どうしたらそんなことを考えつくのか、うらやましい」と言われる。

でも、この瞬間に僕は、「とはいえ、あなたは一流、僕は二流」と感じる。また一方で、「あなたは一流かもしれないが、『二流意識』でならば、絶対にあなたに勝てる」という矜持《きょうじ》が生み出すパワーもあるのかもしれません。

僕は、人を伸ばす要素のひとつとして絶対に「コンプレックス」があると思う。他人からするとなんでそんなことに、と感じるような妙な意識やプライドが、オリジナルな発想へのこだわりと、社会でバランスをとることを、僕に教えてくれました。

20代、僕は三流の最底辺にいた

高校を出てからの僕は、誰がどう見ても明らかに三流だった。いま二流の自分が断言するんだから、間違いありません（笑）。もちろん、働いていた会社がどうとか、同僚や友だちがどうというのではなく、あくまで自分自身の話。少し長くなるけれど、順番に書いてみます。

高校を卒業し、東京に出てきて最初に働きはじめたのは、不動産屋のチラシをメインに扱っている小さなデザイン会社。とにかくデザインができることがうれしくて、毎日毎日、徹夜してひたすらチラシをつくり続けた。

マンションや部屋のパースを書き、路線図を書き、地図を書き……。何から何まで自分ひとりでつくる。さらに、この会社はポスティングまですべてをやる会社だったから、できあがった広告入りのティッシュを自分で配る。何日も徹夜をしてつくった「作品」なわけだから、本人はもう自信満々。なのに、なぜか道行く人になかなか受け取ってもらえないという……。

4年くらいそこで働いたあと、僕はサントリーの広告などを手がける有名なデザイン会社、サン・アドに転職する。しかも、まだ面接を受けてもいないのに、元の会社に「受かりました」と言って辞めてしまったのです。むちゃくちゃな話……。当時、僕の会社でのポジションはすでにチーフ。クライアントにプレゼンをする立場になっていて、そうでも言わないと辞められないという事情はあったのだけど。

会社を辞めてすぐ、サン・アドに面接をしてほしいと頼みに行くと、いまは人を募集していないからと断わられてしまった。ある日、急にやって来て「雇ってください！」と言うんだから、それはもう当たり前の話。

でも、こっちも受かったと言って会社を辞めてしまった手前、それでは困る（笑）。そこで毎日、会社の前に立ってお願いしていたら、8日目くらいに向こうが根負けして、なんと入社させてくれることになったのです。

しかもここからがまたひどい。そんな無茶なやつを温かく受け入れてくれたにもかかわらず、僕はたった2カ月ほどでサン・アドを辞めてしまう。理由は、なんとなく自分が思っていたイメージと違ったから。そのあと3年くらいは、広告代理店など何社かを転々と。でも、上司とそりが合わなくてクビになったり、不条理なオーダーに耐えられずすぐ辞めてしまったり。いまでも、この頃の自分は、本当に三流の底の底、最底辺にいたと思います。

25歳になった僕は、一度、名古屋の実家に戻ることを決めた。デザイナーとはいっても代理店に勤めていたから、クライアントにプレゼンをしなくてはいけない機会は多い。でも、緊張しすぎてどうしても人前でうまく話せないのが悩みだった。

そこで、あがり症を克服するための「リハビリ」として、接客業でもやってみようと思いつき、名古屋の喫茶店で正社員として働くことにしたのだ。

喫茶店では、カウンターごしにお客さんと話す、いわゆる「マスター」をイメージしていたのに、回されたのは厨房（笑）。当初の予定とはまったく違ったけれど、厨房のバイトの人たちは、みんな文化的で面白い人ばかりで、高校を出てすぐ働きはじめてしまった僕は、青春を取り戻すような気分で2〜3年フライパンを振り続けた。まあ、マジメに仕事をしていたかと言えば、やっぱりそうではなかったけれど……。

そうこうしているうちに、ある人から声をかけられて、別の喫茶店の雇われ店長に。イメージしていたマスターになれたのに、僕はそこも、わずか4カ月で夜逃げをして辞めてしまう。理由は単純で、家賃が払えなかったからだ。

初めて意識した二流は、準朝日広告賞の受賞

ちょうど、喫茶店のマスターをしていた1989年に、朝日新聞社主催の新聞広告の公募展「朝日広告賞」で準大賞をもらった（受賞の連絡をもらったときには、すでに夜逃げをしていて、実家に隠れていたけど）。その出来事が非常に、僕と二流の関係をうまく表現していると思う。

喫茶店で新聞を見ていたら、たまたまこの賞があることを知り、暇を持て余していたので出してみようと思いついたのだ。いくつかある課題の中から選んだのは「クロネコヤマトの架空の広告を考える」というもの。

僕が出したアイデアは、新聞の全面を包み紙に見立てたデザインに「お茶碗は、この

広告でお包みください」の文字。コピーは、代理店で働いていたときに知り合ったコピーライターにお願いした。

準大賞と言ったけど、もともと、僕は3位になる予定だった。ところが、審査委員が決めた1位の作品に、主催の朝日新聞社から待ったがかかったのだ。たしか「もう、朝日新聞はいらない」というようなコピーで、WEBとか、電子書籍みたいなものを想定した作品だったと思う。そんな展開で、急きょ、2位が1位に。そして、3位の僕が晴れて2位となり準朝日広告賞をもらった。

もしかしたら、僕が二流にこだわるのは、この「二等賞」の感じをずっと引きずっているからかもしれない。繰り上がらずに3位のままだったら、きっと二流を意識することもなかっただろう。それが、たまたま2位になったことで、「1位という一流」がちょっとだけ見えてしまったのだ。

オリンピックでも、銅メダルの人は「もう少しで金メダルがとれたのに……」とは思わない。「さすがに金メダルは無理だ」という、ある種の開き直りがある。でも銀メダルの人は違う。当然、まわりからも「惜しかったね」と言われるし、「頑張ればいけたかも」という自我も湧く。それと同じこと。

この受賞がきっかけになり、僕は日本デザインセンターに入り、そこで原研哉《はらけんや》さんに出会う。

のちに、長野オリンピックの開会式や閉会式、無印良品のアートディレクション、愛知万博のプロモーションなどを手がけ、日本のデザイン界の一流を突っ走ることになる原さん。その真横で仕事をし、在職中の後半は、一緒に研究室もつくった。

日本デザインセンターを辞めてから、飲み仲間として出会った吉岡徳仁《よしおかとくじん》さんも一流になった人だ。その後、彼のデザインした商品は、ニューヨーク近代美術館（MoMA）や、パリのポンピドゥーセンターなどに永久所蔵され、海外でも多くの賞をもらい、世界的な一流アーティストとなっていく。

僕の「一流のサンプル」として、一番近いところにいるのはお2人だ。いつも一緒にいたから、一流になっていく足跡や微妙なこだわりにいたるまで、目の前で隅々まで見ることができた。いま僕が二流でいられるのはすべて、間近で一流を知ることができたこの時間のおかげ。そして、一流を知ったことで、自分自身は二流になれて、多くの一流の人たちと交流が持てたんだと思う。

「ここを目指そう」という気持ちだけがエンジン

こうやって振り返ってみると、「運」も重要だとつくづく感じます。「朝日広告賞」のときもそうだし、原さんとの出会いだってそう。

準大賞をとった僕は、その授賞式に出席するため上京することに。すると、受賞作で組んでいたコピーライターが、「日本デザインセンターに知り合いがいる」と言う。日本デザインセンターは、多くの有名デザイナーを輩出している、日本でも最大のデザインプロダクション。もちろんずっと憧れていた会社でもあったし、せっかく久しぶりに東京に行くんだから、会って話を聞いてもらうことにした。

そのとき、待ち合わせ場所の喫茶店にいたのが、原研哉さん。と言っても、僕は原さんのことを知らず、同席した原さんの友人をデザインセンターの人と勘違い。その人に一生懸命、作品の説明をしてしまい、原さんは「オレにも見せてくれよ……」なんて言っていた（笑）。

そのとき持って行ったファイルには、昔つくっていた自慢の（笑！）不動産のチラシと、たくさんのラフスケッチ。原さんが、どこを気に入ってくれたのかはいまだにわからないけれど、その足で日本デザインセンターに面接に行くことになった。

当時、社長だった永井一正《ながいかずまさ》先生の部屋に連れて行かれ、「こいつ入れたいんだけど、いいですか？」と言ってくれて、原さんに出会ってから2時間もしないうちに採用決定。僕は翌月から再び東京で、デザインの仕事をすることになったのです。

日本デザインセンターは、クライアント別にチームが分かれていて、僕はまず大手証券会社や不動産会社の担当になった。そこでも、また文句ばかり言ってはブーたれる。当時、日本デザインセンターの花形と言えば、「セイコー・ワコールチーム」。一流の先輩たちはみんなそこを経由している、誰もが憧れる部署だ。入って何の実績も残したわけでもないのに、僕は「そこに行かせろ、そこに行かせろ」と、社内の誰彼《だれかれ》かまわず言って回っていた。

なぜ、そんなにセイコー・ワコールチームにこだわったのか。理由は、すばらしい広告クリエイティブに憧れて、とかそういうことでは全然なくて、一流の人たちが必ず踏んでいる場所だったから。それ以外には何もない。野球で、一塁ベースを踏まないと二塁に行けないように、セイコー・ワコールチームに行かなければ次に行けないと決め込んでいたのだ。

サン・アドの面接のときと、まったく同じパターンなのだが、あんまり僕がしつこく言うものだから、1年後にはなんと本当に入れてもらえることに。

セイコー・ワコールチームに入ってしばらくは、掛け時計のエンブレムをつくったり、下着が載っているカタログをつくったり、けっこうマジメにデザインに取り組んでいた。でも、踏んだら次に行くしかないという思考はあいも変わらずで、上司のアートディレクターともめては「あんな人とは、ダサくてやれない」とこぼして大騒ぎとか。

そして、いつしか僕は社内のほかの部署に勝手に営業をするようになる。たとえば、いろんな商品のパッケージばかりを扱う「パッケージ研究所」という部署に行っては、タバコとかビールとかの仕事をもらってくる。上司には面倒なお荷物扱いをされながらも、一応、部署の売り上げにはなるからということで、なんとなく黙認されていた。

そんな「営業先」のひとつが伊勢丹チームで、そこでクリエイティブディレクターをしていたのはまたも原さんだった。一緒に仕事をしているうちに、「原デザイン研究所」という新しいセクションをつくることになり、社内から引き抜く3人のうちのひとりに入れてもらえることになったのだ。

サン・アドに入りたい、日本デザインセンターに入りたい、セイコー・ワコールチームに入りたい。結局、僕は自分が考える一流の人が通るであろう「ベース」を踏みたいだけだったのです。何か判断するときにそれだけを考えているなんて、自分でも本当にいい加減だと思う。でも昔から、「ここを目指そう」という気持ちだけは強かった。「こう見られたい」「こうなりたい」が僕のエンジン。それが、運を引き寄せてきたのかもしれない。

二流はミーハー

こういうものを持っていたら、かっこいい。この喫茶店に入ったら、こう見られる。一流の人は絶対そこを通過したはずだ。一流の人が何をしているのかが知りたい……。二流ゾーンの人たちは、そういう執着が強いと思うのです。言ってみれば、とにかくミーハー。僕自身がいまもそうなのだから、たぶん間違いない。

僕のミーハーぶりは筋金入りだ。たとえば高校時代には、バイトで稼いだお小遣いを使って、名古屋から原宿までわざわざ髪を切りに行っていた。通っていた高校は不良しかいない工業高校。もちろん僕もグレていたけど、なぜか当時流行っていたYMOやプラスチックスに憧れてバンドをやっていたから、髪型は当然テクノカット。

正直、髪型自体がかっこいいかどうかなんて、どうでもよかった。もちろん当時は、イケてると思ってはいたけど（笑）、それより強かったのは、人に「東京に髪を切りに行ってる」と言いたいということ。やっぱりナガオカは違うと思われたいから、そうしていただけ。いま考えると、なんて若かったんだろうと思います。


住む家だって同じで、僕は東京に出てきてから、もう軽く10回以上は引越しをしている。六本木ヒルズにも住んだし、渋谷の高級住宅街にある安藤忠雄《あんどうただお》さんが建築した一軒家にも住んだ。どちらも、一度は住んでみたいというミーハー心から。一流の人はこういうところに住むものだという思い込みもあったし、一流を知らなくてはいけないとトライする気持ちで。

ちなみに、六本木ヒルズはどこをとっても、とにかくめちゃくちゃ快適。逆に、安藤建築は、陽当たりのいい南側の、ここには絶対窓をつくるだろうというところに壁があったりして、ものすごく住み続けるのに覚悟のいる家だった（当たり前だけど、冬はとても寒い）。

話は少しそれますが、建築の世界ではきっと「住みにくい家をつくれないと一流になれない」んだろうと思う。こういうことは、ほかの世界にもある。

以前、自分がファンだった一流のピアニストが、新しく出したCDを聴いた。すると、いつもの曲とは違って、ジョン・ケージみたいなノイズ系の前衛的な現代音楽。僕は「あなたがなんで、こんなことをするんですか？」と訊《たず》ねた。すると、「こういうものもたまに出さないと、一流と認められない」みたいなことを言う。デザインや絵の世界だってそう。

一流とは何か知りたくて住んでみたものの、正直な感想を言えば、六本木ヒルズも安藤建築もどちらもなんだか違った。一流の人は、こんな両極端の家には住まないだろう、と（住んでいる人がいたらごめんなさい）。では、どこに住むのか。たぶん、ヒルズじゃなくちゃとか、安藤建築じゃなくちゃとか、一流の人はそもそもそんなことにはこだわらない。

プロダクトデザイナーの深澤直人《ふかさわなおと》さんに、「どんな車に乗っているんですか？」と聞いたことがある。返ってきた答えは「周りから何に乗っているかを聞かれる職業だから、教えない」。

たぶん一流とは、こういうことだ。これに乗っていたらこう見られる、ここに住んでいたらこう思われる。それがちゃんと理解できていて、言わない。僕みたいに、人に言いたい、言うことでこう見られたいのは二流、あるいは三流（笑）。

そんなことに気づけたのも、僕が誰よりもミーハーだったから。


いま、静岡県の富士宮市に僕が住む二世帯住宅をつくっている。何年か前からD&DEPARTMENTのカフェで出すための野菜をつくる自社農園「D&FARM」の面倒を見てくれている両親たちと、農業をしながら住める家だ。

家を建てることになったとき、僕が思い描いた理想はこんな感じ。家全体に床暖房を完備。住宅の半分にあたる南側はすべてバルコニーで覆い、どこからでもデッキに出られる。両角には、窓を開ければほぼ露天風呂状態になる檜《ひのき》風呂。日陰になる北側の屋根には大型の天窓。そして薪ストーブ。土間部分にはふんだんに大谷石《おおやいし》を敷く……。

さんざんいろんな家に住んできて、結局は当たり前の気持ちよさに行き着くんだから、面白いものですね。ただ、総予算の3分の1は土地の購入代でなくなり、残ったのは節だらけの木の風呂と、だいぶ短くなったデッキ、薪ストーブ、一部だけに大谷石と床暖房。以上です（笑）。

一流かそうでないかは、話す内容でわかる

原デザイン研究所での仕事は面白かった。パッケージだったり展覧会だったり、社内のいろいろなところから仕事をとって来られるし、何をやってもよかったから。

とはいえ、僕がマジメに働くようになったかというと、けっしてそんなことはなかった。むしろ、ほとんど働いていないんじゃないかな（笑）。当時は、携帯電話なんてないから、出社していなければつかまえようがない。

それをいいことに、ホワイトボードに「○○時　どこどこ」なんて書いては、夕方会社に現れる毎日。それを黙って許してくれるんだから、原さんは本当にすごいと思う。

いま、きっと原さんは、直属の部下だった僕から「一流だ、一流だ」と言われるのを嫌がる。でも僕からすれば、もっとも近い「一流のサンプル」であることは間違いない。

ただ、この本を書いていて、原デザイン研究所をつくった当時は、もしかすると原さんは、まだ一流ではなかったのかもしれないと思うようになった。

原さんは、大学院を卒業して日本デザインセンターに入る。それから数年ずっと、トヨタ自動車のカタログなどを手がける国際局という部署にいて、その後、伊勢丹チームのクリエイティブディレクターに。そして、会社から認められて研究所をつくることになった。

その頃の原さんは、自分が大学院にいた頃の話とか、友人たちで集まってカレーの会をしたとか、そんな話をよくしてくれた。そんな思い出が、僕が原さんがまだ一流ではなかったかも、と思った理由です。偉そうなのでこんなことを書くのをためらったのですが、やはり感じたとおりを記さないと僕らしくない、二流っぽくないなと（笑）。

僕が思う、人が一流かそうでないかを見分ける一番シンプルな方法は、話す内容を聞くことだ。

たとえば、三流は自分の話しかしない。「この前、誰々さんと会って、こんなことがあった」と他人の名前こそ出てくるけれど、結局は、あったことをそのまま話しているだけで、自分の世界に閉じこもっている。自分の中に正解とか、自慢のポイントがあって、「窓」が閉じている状態。

一流は、ほかの一流とつながり、そこから得られたことを消化して口に出す。受け売りではなく、あくまで自分の言葉で話し、窓は開放されている。

二流は、それに憧れながらもなかなかできない。窓が半分開いているような状態。

やはり偉そうな言い方になってしまうけれど、研究所をつくった当時、原さんは自分の方法論の中でもがいていたんだと思う。

原さんの場合、その原因は、研究所とクライアントチームの違いにあったのかもしれない。クライアントチームには営業がいて、デザイナーはデザインするだけ。でも研究所は、自分たちが仕事をしたいクライアントのところへ営業に行って、仕事をとってこなければならない。原さんも、自分の中だけの話をしていてはいけないと気づいて、だんだん外のデザイナーとつながったり、建築家とつながったりして、一流へと飛び立っていったんだと思うのです。

「デザイナーへの興味」は社会に関心を持ちはじめてなくなった

原さんが一流に駆け上がるベースになった仕事に、「竹尾の紙の見本市」がある。紙のメーカーが紙の販促をするためのイベントなのだが、日本デザインセンターの中で、ほかに誰もやる人がいなかった。原さんは、これを「竹尾ペーパーワールド」という名前に変えて、クリエイターに作品をつくってもらう、かっこいい展覧会にした。

のちに「竹尾ペーパーショウ」と名前を変えるこの展覧会は、わずか2年くらいの間に、デザイナー全員が憧れる仕事になる。そして、いろいろなデザイナーや建築家に仕事を頼むうち、原さんの「文化度」は、横で見ている僕にもはっきりわかるくらい日に日に上がっていったのだ。つまり、原さんは一流になった。

同時に、関わっていた僕たちの文化度もアップする。展覧会はこういうことにこだわらないといけない、図録や解説はこうやってつくらないといけない。そういう細かい部分にはじまり、全体をクリエイションするといった大きな部分まで、僕はまだ二流とも言えないレベルではあったけれど、自分自身が成長する感覚を味わわせてもらった。

そして僕がラッキーだったのは、原さんがどう変化していったか、その過程の一部始終を見られたことだ。

たとえば、原さんは当時、自分のつくるポスターにすごくこだわっていた。もちろんポスターづくりは重要なことではあるけれど、ひとつのグラフィックにこだわるのは、一デザイナーとしての自己表現にすぎない。それが、いまでは、ポスターにはまったく興味がないと言い切っている。自己満足ではなく、社会性という方向に振り切っている、と言えばいいのかもしれない。

原さんが一流に変わっていくこと、そして竹尾の展覧会でデザイン業界が変わっていくことを見てしまった僕は、日本デザインセンターを辞めて、映像作家の菱川勢一《ひしかわせいいち》と一緒にドローイングアンドマニュアルという会社をつくった。

自己満足のデザインではなくて、もうちょっと市場を動かしたり、社会にある産業と関わっていくことに興味が移っていったんだと思う。

そして１９９７年に、ロゴやデザインを動かす、モーショングラフィックス展という展覧会を開いた。これは２０００年まで４回やりました。ちょうど、Ｍａｃが平面的グラフィック、つまり版下だったりをつくるものから、映像制作へと広がっていくタイミングであり、メインスポンサーはＡｐｐｌｅ。吉岡徳仁さんをはじめ一緒に仕事をしたいと思ったクリエイターにどんどん声をかけ、自分の興味だけでつくった展覧会だった。

社会を動かすまでのパワーなんてない遊びみたいなものだったけれど、僕はこの展覧会で「風呂敷を広げる」大変さを知った。ちなみに、第3章で書きますが、正しく風呂敷を広げることも、二流の大事な役割です。

この頃から、デザイナーへの興味自体もだんだん薄くなっていく。そして、自分が住んでいた三田のマンションの一室で、リサイクル家具を売るようになり、僕は2000年にD&DEPARTMENTという店をつくった。

そして、47都道府県に1カ所ずつD&DEPARTMENTをつくっていく、「NIPPON PROJECT」を立ち上げ、その活動の中で、工芸品や地場産業と出会い、トラベル誌をつくり……。だいぶ遠回りをして、結果的にいま、当時考えていた「地域という社会」に行き着いた。

一流を浴びて、やっと二流になれた

僕が本格的に一流の人たちと接するようになったのは、日本デザインセンターを辞めてから。原さんと出会い、初めて一流というものに触れ、そのあと吉岡徳仁さんをはじめ、さまざまな世界の第一線の人たちと出会うことが増えていった。

二流のゾーンに入ったのがいつなのか、自分では正確にはよくわからない。ただ、ひとつだけはっきり言えることは、ロングライフデザインということを意識しはじめ、2000年にD&DEPARTMENTという店をつくったのがスタートラインだろう。デザイナーなのにデザインをすることを辞め、消費者・生活者に向かってデザインを語るようになった。言ってみれば、そこが「二流の下」。

札幌店をオープンし、「NIPPON PROJECT」がはじまった2007年頃には、風呂敷を広げることにもすっかり慣れて、僕の二流も板についてきた（笑）。

そして、二流としての僕の立ち位置を決定的にしたのが、2007年、日本デザインコミッティーに入れてもらったこと。デザイン性に優れた商品をセレクトして販売することで、日本のデザインを啓蒙《けいもう》するこの団体には、原さんをはじめ、デザイン界の一流ばかりが名を連ねている。その中の複数のメンバーからの推薦を受けて、僕は一流の輪の中に「引き上げてもらった」のだ。

2カ月に一度、銀座の松屋で開かれる集まりに行くと、原さんはもちろん、永井一正先生、深澤直人さん、佐藤卓《さとうたく》さん……。当たり前だけど、一流の人たちがいる。みんなが「この商品を売るのは、日本にとってどうなのか？」ということを真剣に考えて、商品を選ぶ。ちょっと前まで三流で、ただのミーハーだった僕が急に一流を浴びまくる。こんな経験、そうそうできることではない。

そんな場に置かれた僕は、一流っていったい何なんだろう、と興味を持った。それまで無意識下にあった一流に、言葉として執着し出したと言ってもいい。原さんが一流の人たちと接することで自分の文化度を一気に上げたように、僕もコミッティーのメンバーと接することで、「二流の下」から「真の二流」になったのだ。

コミッティーの集まりではいつも、僕はどうしていいのかわからず、みんなの意見をただ聞くことしかできなかった。審査が終わり、原さんや佐藤さんと喫茶店に行くまで一言も話さない。僕は二流で、一流の人たちの話には加われないという思いもあったし、なによりコミッティーの中で一番新人の僕だけが、ふだん何の商品のデザインもしていないのだから。

話を聞くだけだったけれど、一流は「そこにこだわるんだ」「そこまで考えるんだ」という気づきは多かった。前にした家の話じゃないけれど、六本木ヒルズに住んでみないとそのすごさはわからない、みたいなものかもしれない。

こうして僕は、２０１２年にデザインコミッティーを辞めるまで、丸々６年間、きっちり一流を浴び続けた。

そして僕は一流をあきらめた

僕がデザインコミッティーを抜けることにしたのは、一流に「近づきすぎてしまった」から。一流の人が苦手とか嫌いとか、そういうことではないのです。これから僕が、一流を目指していくのならコミッティーに入っていればいい。でも僕は二流として、一流と三流のほうを向いたデザイナーにならないといけないと考えたから。

ちょうどコミッティーを辞めた頃だと思うけど、ツイッターでこんなつぶやきをしたことがある。

「やった、やっと二流になれたかも」

それが、僕が自分はここでいいんだと、二流に腰を据えることができた瞬間。一流になることは、とっくの昔にあきらめていると思っていた。でも、そうは言っても、コミッティーの集まりなどで一流を浴び続けていれば、いやでも意識はする。もしかしたら心の中ではまだ目指していたのかも……。

一流になれる人には、2種類いると思う。ピョーンと自力で飛んで向こう側に行ける人と、自力では行けない人。そして僕は、絶対に自力では行けない人だ。コミッティーだってメンバーの推薦で選ばれているわけで、いわば一流という「崖《がけ》」の上から、僕を引っ張り上げてくれる手が見えた。一度はそれをつかんだけれど、やっぱり違うと、自分から手を放して下りてしまったのだ。

そしてもうひとつ、僕が一流をあきらめた理由。それは、毎日デザイン賞に8年連続ノミネートされたのに、受賞できないということがあった。この賞は歴代、三宅一生《みやけいっせい》さんをはじめ、原さんや吉岡さん、またコミッティーでご一緒した多くの人たちも受賞している、いわば一流デザイナーの証とも言える賞だ。

毎日デザイン賞は、前年度の実績で審査をされて推薦される賞なので、毎年デザイン界で、何か新しいことをしていないとノミネートされることはない。僕はこれまで、60VISION（ロクマルビジョン）、トラベル誌『d design travel』、渋谷ヒカリエの8階のクリエイティブスペース「8/（はち）」のデザインディレクターなど、そのときどきの活動を評価してもらってきたというわけ。

でも、8回連続ノミネートされて、8回連続で落ちる、さすがにそんな一流デザイナー、いないでしょう（笑）。

毎日デザイン賞は、ノミネートを受けると、前年度の実績を資料にまとめて提出して審査を受ける。毎年出しているわけだから、ほかの人たちがどんな作品をつくり、どんなプレゼンをし、どんなクオリティの記録写真を撮っているかまで、ずっと見てきた。何をどれくらいやらなければいけないかもわかっているつもり。でも、越えられない。さすがにこれだけダメだとイライラしてくるし、焦《じ》らされると疲れてしまって、いっそ資料を出すのをやめようかと真剣に思った。

あるデザイナーさんからは、「ナガオカは叩き上げなんだから、絶対に毎日デザイン賞を取れ」と言われた。元三流が一流に入ると、みんなの勇気になるから頑張れ、ということです。その言葉がきっかけになったわけではないけれど、僕はもう一度、審査資料を出すことを決めた。

一流を目指そうと思い直したのではない。僕は「二流」として胸を張ってエントリーすることを決め、そしてやっぱりはね返された（笑）。

でもいまでは、結局上に行けないということの状態が、少し気にいってもいます。

日本人には「中流＝二流」が似合う

「日本人は総中流階級だ」という言葉を昔、よく耳にした。日本人には「中流」という意識をあえて好む傾向がある。それは同時に「あきらめ」でもあり、「開き直り」でもあり、そして「自分の役割」とか「実力のわきまえ」でもある。日本人の意識の根底には、「立場をわきまえる」という気持ちがあるんだと思う。

少なくとも、僕が子どもの頃には、それがあった。戦後の何もない時代から、家族が親父《おやじ》を支え、下町の町工場や大企業が国を支える。そうやって、みんなが汗をかいて、一致団結して経済大国になった。

その結果、小さな島国の、勤勉で仲間や家族を大切にする集団意識が高い国民に変化が起きた。「人よりも高価なものを持っている」「短期間に大金を手にする」。飛行機の中には「ファーストクラス」的なシートが現れ、そこがカーテンで分けられ、前列のシートの者たちには特別な食事が出されるようになる。

それが、バブルが崩壊して不況が訪れ、またＩＴバブルがやってきて……。いつしか、日本人の中にアメリカンドリーム的な「一発成功」みたいな思考が蔓延《まんえん》し、「ベンチャー」という言葉が「セレブ」という世界も連れてきた。

その様子にがぜんやる気を燃やすタイプの人が増えていくのと同じように、どうせあんなふうになれないと極端にあきらめ、仕事につくことを放棄してしまう人も現れる。一方で、スローライフとか、ロハスといったライフスタイルがムーブメントになった。

そんな状況が続き、ここ数年、また時代のスイッチは変わった気がする。


僕は思う。日本人は「中流」でいい。日本人には「総中流」の国民性や意識が似合うし、この意識が、戦後復興のときのような奇跡的パワーを生む。たとえば、東日本大震災をきっかけに復興のＤＮＡが奮い起こされ、中流意識はさらに戻ってきた気がする。景気の低迷が続く中で、なお、そういう意識が国を下支えしていくと思う。

ただ、昔の「総中流階級」と少し違うのは、僕たちは「上流と下流を知った」「頂点とどん底を知った」ということ。高度経済成長を知り、バブルを知り、また不況や震災を知った。

細かく言い出すと、「何をもって豊かか」という話になってしまうけど、日本の豊かさはただ「高価なものを所有している」ということから変化をはじめている。もはや「本当の意味での上流（セレブ）」はいないことにも気づいている。

中流とは、言い換えれば「二流」だ。高度経済成長という「一流」は、もうない。いまや日本も開き直って、ヨーロッパが掲げている低成長を見習おうという時代、一流を目指す意識はあっても、二流にならざるをえない時代だと思う。

「役割としての二流」を目指そう

僕がこんなことを考えるようになったのは、高度経済成長期を描いた映画「ALWAYS 三丁目の夕日」を観たこと。「三丁目の夕日」に日本人があんなにも反応するのはなぜか。それをずっと考えていて、その理由に、まさしく中流があるからだと気づいた。

映画の中で観た、向こう三軒両隣りみたいな人間関係や、会社や街のあり方。あれくらいがちょうどいいんじゃないかと、僕を含めたみんながそう感じたから、あれほど愛されたんだと思う。

気づいたら、経済大国でも何でもなくなっているいま、また町工場に注目が集まったり、ジャパンブランド政策などと言って、日本を見直そうという動きは多い。

僕らがやっている、60VISIONという、１９６０年代前後の日本企業のつくった商品をブランディングするプロジェクトもそうだ。カリモクをはじめとする、シンプルで質がよく、世界に通用するロングライフデザインの商品たちを、多くの人が手にとってくれるようになったのも同じ。

僕は１９６５年生まれなので、手動のローラーがついた洗濯機も、白黒テレビからカラーテレビへの変化も、全部体験してきた。体験した人が横にいる、というのはとても重要。戦争を経験した世代がいなくなっていくように、僕らから上の「三丁目の夕日世代」が死んだら、また違った価値観の時代がやってくるかもしれない。

でも、ここから20年くらいは、やっぱり僕たち世代の中にある、中流意識がベースになっていくと思う。

不思議なことに、「中流」には、なんだか平和でいいイメージがあるのに、「二流」にはなんとなくマイナスのイメージがある。「あいつ中流だよね」と言われても何とも思わないのに、「あいつ二流だよね」と言われると、少しムッとくるように。「中流」はニュースになるのに、「二流」はニュースにならない。

多くの人は、この2つを別のものとして考えているけれど、僕はいまこそ、この2つをくっつけて、同じものとして語るべきだと思う。「二流」という言葉の意味を正確に言えば、「二番手」「第二班」「セカンド」「準」などになるだろうか。冒頭にも書いたけれど、僕は「一流の下が二流」とかいう序列の話をしたいのではない。僕が二流という言葉に託したのは「役割」だ。

アメリカで映像の仕事についていた親友から、「監督よりもギャラの高いアシスタントがいる」という話を聞いたことがある。上下関係とか立場だけで言えば、誰がどう考えても、監督のほうがアシスタントよりも上。しかし、プロの世界の特殊な目で見るとそれが対等になったり、ギャランティという尺度だけで見ると、逆転したりもする。

ようは「どこから見るか」ということ。収入や社会的立場の上下や、役割としてのセグメントなど、いろんな意味を込めて、この本では「一流・二流・三流」という言葉を使っている。「立場」であり「日本人らしいフォーメーションという役割」という二面性を持たせて語りたい。

あえて「一流・二流・三流」という言葉を使うことで、大げさに言えば、次の時代に向かう気構えを整理したいのだ。二流は、三流への思いやりという謙虚さと、一流に対する尊敬、そして向上心を持っている。三流を奮い立たせ、一流とは何かを再確認させる存在だ。

第2章　一流と三流を知る。

二流は、一流と三流の「橋渡し」をする「翻訳者」

第1章の最後で、二流＝中流という話をしましたが、ここでもう一度、「二流」という存在の定義みたいなものについて書いてみたい。

一流・二流・三流と聞くと、三流の上に二流がいて、一番上に一流がいる、いわゆるピラミッド状のヒエラルキーを想像すると思う。とくに、すでに中流の話をしてしまったから、それも仕方ないことですね。

昔の一流・二流・三流と、いまの一流・二流・三流は違う。昔は、先輩後輩の関係だったり、課長と平社員だったり、圧倒的にピラミッドとかヒエラルキーの関係。下の人は、どんなことがあっても、基本の上下関係をわきまえたうえで交流していた。でもいまは、監督よりギャラの高いアシスタント（P46参照）みたいな人も出てきて、もはや上下だけの問題ではなくなっている。

僕がイメージしているのは、もっとフラットな横並びの関係。一流と三流の中間地点にいて、二者の橋渡しをするのが「二流」だと思っている。翻訳者のような存在と言ってもいいだろう。

×

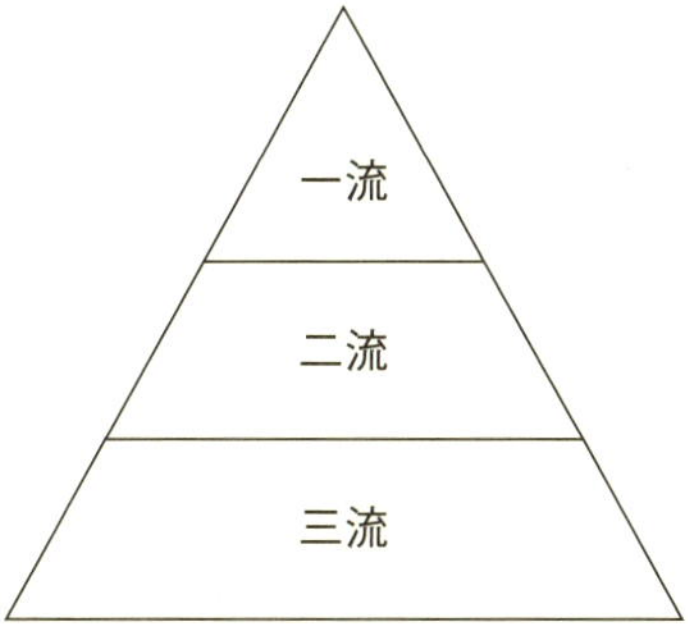
一流
二流
三流

○

三流
二流
一流

たとえば、僕の中では「中年」とか「二代目」も、二流のイメージと重なる。中年は若手とベテランに、二代目は初代と三代目に挟まれた、真ん中にあたる存在。中間管理職とか、もっと言えば中学2年とか、高校2年なんかも二流的存在。このへんの意味はおいおい説明していくので、まあそんなものかと思っていてほしい。

ちなみに、僕がD&DEPARTMENTという売り場をつくったのも、買い手と作り手の真ん中に立ちたかったから。

二流とは、つまるところすべての「真ん中」にあたる存在だ。中年、二代目、中間管理職……。なんだかスポットライトも当たらず、ぼんやりしていて、中途半端というイメージがあるかもしれないけれど、みんな重要な存在だ。

第1章でも書いたとおり、一流はたしかにすごい。会社を見ても、それこそ芸能界なんかを見ても、のしあがったり蹴落としたりの厳しい世界。

二流には蹴落としはない。しかし二流も、ぼんやりと普通に過ごしていてはなれない存在だ。

僕みたいに「三流ではないが一流でもない、一流にはなれないけれど三流で終わりたくない、一流は目指してないけど二流のプロになってやる」という人は、意外に多いのではないか。そして、「自分は何流だろうか？」と疑問に思っている人も（笑）。

ということで、この章では、一流と二流と三流、それぞれの役割や違いについて語っていきます。

一流の経験、三流の悩み

60VISIONをやっているときに、痛切に思ったことがある。家具のカリモクも現在そうだけれど、三代目の社長についてだ。

初代は、国のために、叩き上げてゼロから商売を起ち上げた。その姿を横で見ていた二代目は、初代にそれこそうしろから蹴られながら工場をつくり、商売を広げていった。そして二代目から、「これから世の中は変わるから、海外に留学しろ」などと言われて育ったのが、いまの三代目だ。

三代目が社長になったとき、高度経済成長期の大量生産体制は、すでに崩壊。父親から受け継いだ大型の工場で、急に多品種小量生産を求められる。どうしていいかわからなくなった三代目は、創業の原点を見直そうということで、初代に学ぼうとするが、創業者はすでに亡くなっていてこの世にいない……。ちょうど、企業のブランディングに関する本が売れまくったのも、彼らが社長になった時代と重なる。

初代がつくった一流の考え方を、いま三代目に伝承するのは、二代目だ。

デザインの世界が、版下からコンピュータへと一気に変わったように、ここ十数年は激変の時代だ。60～70代の二代目は、叩き上げの時代も、大量生産の時代も、そして激変する時代もすべて体験してきた。

かつて、初代の姿を横で直接見てきた二代目が、三代目に伝える。二代目は、まさに一流と三流の間に立つ、二流的存在だ。

一流と三流の間をとりもつ二流がなぜ重要か。それは、一流と三流が直接接触してしまうと、刺激が強すぎるから（そもそも、接する機会があまりないとは思うけれど）。三流は一流の考え方を理解することができず、納得できる答えも得られない。

一流の経験と三流の悩み、この2つを理解し、翻訳し、伝えることができるのは、一流と三流を知る二流。

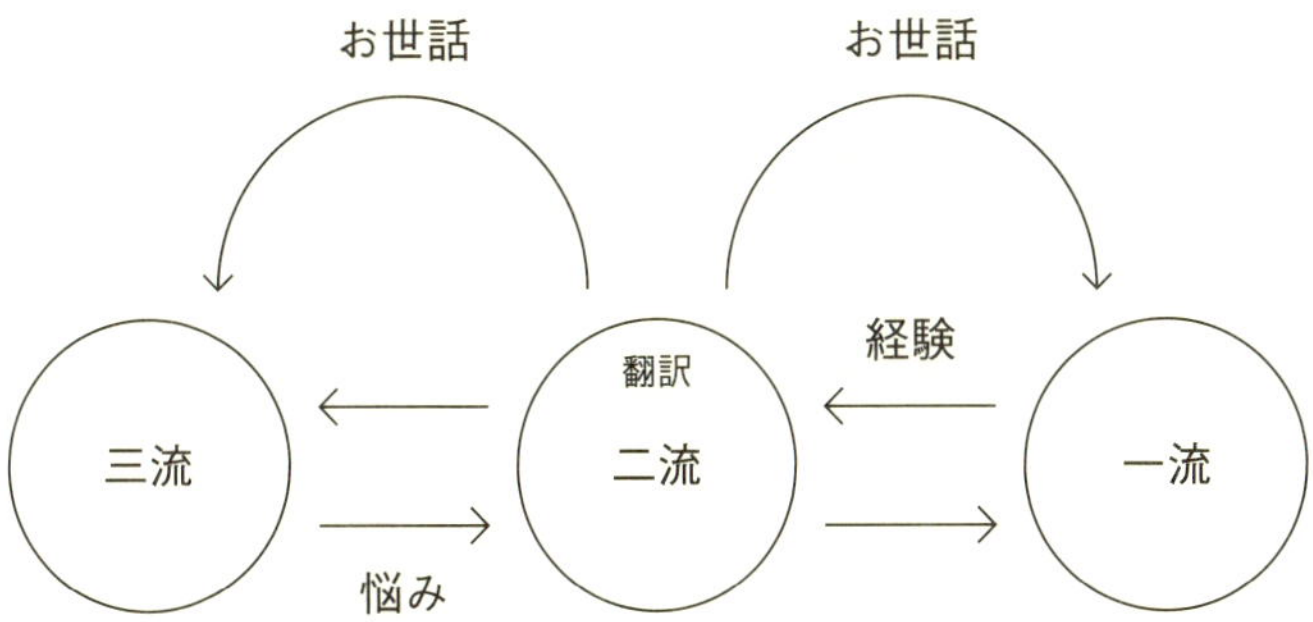
お世話
お世話
経験
翻訳
三流
二流
一流
悩み

もう少し言うと、一流と三流の「世話をする」のが二流の役割とも言える。一流を知らない三流に、一流の世話はできない。それができるのは、一流と三流の両方を意識して生きている二流だけ。

会社にも、新人がいて、中堅社員がいて、社長がいる。中堅という二流は、新入社員という三流、社長という一流、両方の気持ちを把握することで、会社全体をうまくまとめていく。

一流になることだけが幸せではない。一流になると、三流とは対話できなくなることだってある。だから僕はあえて目指す。二流を。

一流は未来を、二流はいまを、三流は過去を見てモノを売る

2000年に僕は、東京・世田谷の環八沿いに、ロングライフデザインの商品を扱うショップ、D&DEPARTMENTをオープンさせた。最初はまったくお客さんが入らずどうなることかと思ったけど、いまでは北海道から沖縄まで、全国に共感してくれるパートナーも現れ、2013年にオープン予定の山梨店を含めると、全部で7カ所に増えた。

東京店をオープンしたとき、メインで扱っていたのは中古の家具やリサイクル雑貨。

でも10年以上経つと、そのラインナップはかなり変わってくる。

カリモクを中心に、だんだん家具の売り上げが多くなって、反対に売れなくなったのがリサイクル品。5年くらい前に、「これじゃ家具屋だ。自分は家具屋をやりたかったのか?」と自問自答し、もう一度、商品を見直すことにした。

そもそも、ここ数年はモノが全般的に売れない。実際、コンセプトがロングライフデザインなわけで、それを目指していたところもあるんだから、まあ、矛盾はしてるんですが(笑)。

モノを売っている側にも、一流・二流・三流の違いはある。それは時間で考えるとわかりやすいと思った。

一流は、そもそもニーズがないところに、社会的に考えて意義深い商品を投げ込む。たとえるならば、骨董商みたいなもの。それが売れるかどうかわからないけれど、モノ自体の価値を問うというか、こうあれ! という感じというか……。

まだニーズはないけど、将来、世の中はこうなるべきだから、いまのうちにこれを並べておこうという考え方。一流とは、いまの正解にとらわれず、正しい未来をつくろうとする人だ。

二流は、自分がこれが売れてほしいと思うもの、売りたいものを売る。実際、ウチの店がやっていることはそうだ。あんまり未来すぎてもダメだし、過去のままでもダメ。その両方を取り込んで、今日の正しさを求める。

二流には世直しの感覚がある。本来、こうあるべきだったけど、どこかで間違ってしまったから、それを元に戻しましょうという感覚。僕たちD&DEPARTMENTが、日本人のデザイン意識を底上げしたいと理念を共有しあったように。

三流は、どこかでヒットしたものを真似る。欲しい人のニーズに合わせて、わかりやすすぎるほどわかりやすいもの、とにかく売れそうなものを売る。いまのニーズを見ているようだけど、すでに世の中でヒットしているものの後追いなのだから、それはもう過去だ。

つまりはこうだ。一流は未来を見てモノを売り、二流はいまを見てモノを売り、三流は過去を見てモノを売る。

どれがよくて、どれが悪いということではないけれど、それぞれの理念と理想と実行には、だいぶ差がある。

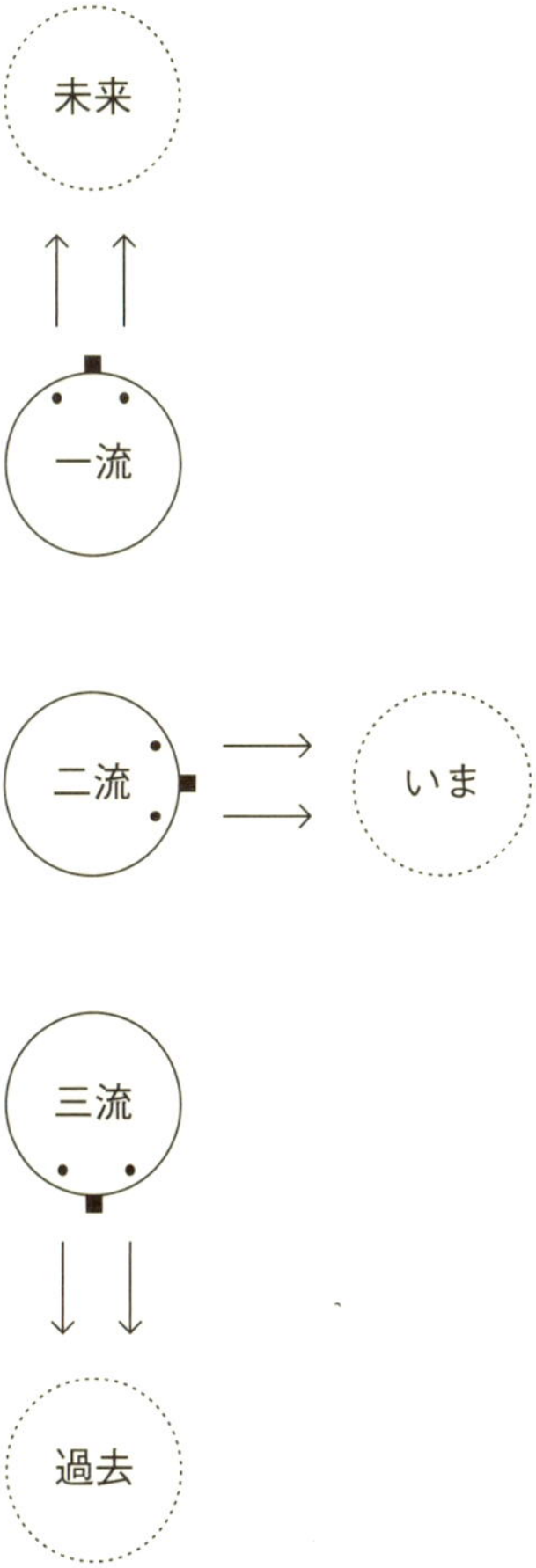
未来
一流
二流
いま
三流
過去

スキのない一流、スキがある二流、スキだらけの三流

二流にはスキがある。一流にはスキがない。三流はスキだらけだ。

たとえば、一流同士は微妙な色の差に対して敏感だ。それがわざと擦らせた色か、そうではない色か、瞬時にわかる。逆もまた言えて、もちろん真新しい色にも敏感だし、ボロボロの服の中におしゃれを見いだせる。それがわからないようでは、一流とは言えない。

二流は色の違いも知っているし、おしゃれが何かもわかっている。でも、それがなかなかできなかったり、近いことはできても、よく外す。

そして、三流はこんなことには気づいてもいない。

二流のスキは、自分でわかっているスキだ。

一流は、いつも真っ黒い上質なTシャツを着ていて、それを家では洗濯せずに、クリーニングに出す。それくらい「服の黒」に執着しているのが一流だとしたら、家でネットに入れて洗濯機で洗うのが二流。一流が15回クリーニングをしたら捨てるのに対して、二流は30回くらい洗濯してから捨てる。自分でも中途半端だとわかっているけど、一流

と完全に同じことはできない……。

30回洗濯したTシャツを着て歩いているとき、ふと黒のくすみに気づいて、街なかでいらつく。そして、なるべく人に見せないようにして、家でゴミ箱に捨てる。


なんで突然、こんな話をしたのかというと、まさにこれは僕のことだから。

デザインコミッティーにいたとき、ある一流のデザイナーさんと話をしていて、その人がいつも同じブランドの、同じ色の上質なシャツを着ていることを知った。

外見や服装だけが、人の中身を決めるとは思わない。でも観察してみると、一流の人はみな靴はキレイだし、上着にはきちんとしたジャケット。当たり前のことだけど、二流・三流の人に比べて、着る物にも気をつかっている。

一流の人と接し、仲よくしてもらうためには、こちらにも最低限の礼儀が必要だと思った僕は、さっそく真似をすることにした。

デザイナーは絶対、いつも「真っ黒」のTシャツ、という思い込みがあったので、選んだのはジル・サンダーの黒いもの。1枚2万円以上もするそのTシャツを、1年に40～50枚くらい買って、ローテーションで着ていたけれど、さすがにもたない。

しかも最初のうちは、1回1回クリーニングに出していたんだから、自分でもあきれる。困った僕は、最終的に同じ生地のコットンを探して、オリジナルのTシャツをつくってしまった。いまでは、Tシャツが買いたてかどうかはもちろん、黒のくすみで、だいたい何回くらい着ているかわかるほどになった（笑）。

僕は二流が好きだ。努力しようとする感じと、現実にムキにならないところが好きだ。一流の人たちが当たり前にしていることを見て「いいよね」って言いながら、でも「オレには無理だもん」と開き直る。そして今日も、オリジナルのジル・サンダーもどきを、洗濯ネットに入れて手洗いモードで洗う。そんな自然体が好きだ。

あ、ちなみに、このオリジナルTシャツはD&DEPARTMENTで売っていますので、よかったら、どうぞ。

でも、一流はスキを「つくる」のがうまい

一流はスキがない。だから絶対に弱音を吐かない。基本的に人をあてにしていないのが一流。最初はさんざん弱音を吐いて、いまそのポジションに上がってきたから。

二流にはまだ、誰かがなんとかしてくれるという甘えがある。もちろん僕もそうで、言ってどうなることでもないのに、弱音を吐く。黒Tシャツの話と同じように、わかっているけどできないのが二流だ。で、三流は、いつも弱音ばかり吐いている。

また一流は、大きなプロジェクトに関わり、重要な秘密を抱えることも多いから、人に盗まれてはいけない話は絶対にしない。なんでこの人は、こんなに面白くないんだろうと思うくらい、しゃべる内容ひとつひとつまでセルフコントロールする。

二流は「ここだけの話ね」なんて言いながら、すぐに話してしまう。僕も、よくそんなことを言っているなあという自戒を込めて。

そして「言わないでね」という断りすらせずに、「なんでそんな重要なことをバラしちゃったの！」と、あとで大騒ぎするのが三流（笑）。

「スキ」という言葉は「距離」に置き換えてもいい。

僕のイメージでは、一流の人は「近くにいるのにぜんぜん会えない」みたいな感じ。二流の人は「ちょっと家に行っていいですか？」とお願いをすれば会える。三流の人はいつでも会えるから、わざわざ会いに行こうとは思わない。一流には、そういう距離感を感じさせる暗黙のルールが漂っている。一流の人は必ずこの距離をつくっているし、距離感をつくるのがうまいのだ。


僕は、原研哉さんと1カ月に一度、お互いの近況を報告しあう「アサハラの会」をやっている。これは「アサ」に「ハラ」さんと朝食を食べる会の略（笑）。

たまに、原さんはポロッと「これ、どう思う?」と、僕に意見を求めることがある。人に頼らないはずの一流が、二流の僕に、たまに弱みというかスキを見せる。

そんなとき、僕は原さんのコーチになった気分で、だまってうなずくだけ。どこかで、あるオリンピック選手のコーチは中学生の女の子、という話を聞いたことがあるけれど、きっとそんな感じ。一流の人ほど、そういう話を聞いてくれるコーチを必要としているのかもしれない。

いままでは、アサハラの会以外では、原さんとめったに会うことはできないし、これまで一度も家に呼んでもらったこともない。でも、何かの集まりのあとなど、ふとしたときに「ナガオカ、喫茶店行くか」なんて誘ってくれることがあって、僕はとてもうれしくなる。そして、やっぱり一流の人はうまいな、と思う。

一流は、ただなんとなく「形をつくる」ことをしない

トラベル誌『d design travel』の取材で地方に行ったとき、地元でちょっと有名だという、あるデザイナーと出会った。彼は地元の名産品をキャラクターにしたグッズをつくっていて、それがいま、すごくヒットしているらしい。そして、その人気キャラクターが印刷されたタオルを2本、僕にくれた。

僕は、そのタオルを東京に持って帰って、捨てた。

せっかくくれたのにひどいと思うでしょう。もちろん東京からやってきた僕を歓迎し、お土産まで持たせてくれたことは本当にありがたいと思いました。

でも、何度も言うように、僕は二流だ。少なくとも三流ではなく二流と思っている僕は、せっかく顔を拭くのなら気持ちのいい上質なタオルで拭きたい。キャラクターが印刷され、変なグラデーションのついたタオルで顔を拭くのは、僕にとって半乾きの臭いのするタオルで顔を拭くのと同じくらい気持ちが悪いことです。

キャラクターがいけないとか、デザインがかっこいいとかダサいという話をしているのではない。真剣な生活用品であるタオルに、こんな変な加工をしてしまうことが許せなかったのだ。

このことは吐き気がするくらい嫌で、半年くらい考え続けた。妻から「もうどうでもいいじゃない！」と言われるくらい、悶々《もんもん》と。そんなとき、今度は同じキャラクターが印刷されたバッグが送られてきて、我慢ができず、ついに本人にメールをしてしまった。「僕はどうしても、あのタオルで顔を拭く気にはなれません」と。

もちろん理由はきちんと説明したつもりだったけれど、お前が言うな、と怒られても不思議ではない話。でも、そのあと本人から「ご指摘いただいて、ありがとうございました」という丁寧な返事が届いた。そのメールを見て、真剣な気持ちが伝わったことに、少しだけほっとした。

全国を回って、ロングライフデザインの伝統工芸品やお土産を探していると、「これ、無地だったらいいのに……」と思うことは、本当によくある。

洒落《しゃれ》のバラエティーグッズと、本当の生活用品の区別がついていないから、余計なイラストとかキャラクターとか、いらない付加価値をつけてしまう。的外れなことを、自信を持ってしてしまう。もちろん面白がって使う人もいるでしょう。でも、僕はそういう人を三流だと思う。

一流は、ただなんとなく「形をつくる」ことをしない。

たとえば佐藤卓さんは、茨城県の干し芋のPRをするにあたり「ほしいも学校」というコンセプトをつくった。もちろんパッケージのデザインもしているけど、学校のカリキュラムをつくり、干し芋に関心を集めて、みんなで学ぶ。教育という無形のもので、売り上げを倍増させた。

二流デザイナーや三流広告代理店に頼んだら、たぶん派手な広告をつくって、とにかく大声で叫ぶ、みたいなことをする。一流は、どこのターゲットに共感してもらえるかを考える。

もしかすると、二流の僕がいろんな人から関心をもってもらっているのも、デザイナーなのに、何もつくらないからかもしれない。

一流は２００キロ、二流は80キロ、三流は30キロ

僕は、とにかく車が好きだ。中学のときには、友人と架空の自動車会社をつくって新車の広告を発表（壁新聞で・笑）していた。昔はホンダのファンで、シビック、アコード、シティ、プレリュードなどを乗り継いできた。そして、フォルクスワーゲン、ＢＭＷ、ベンツ、ポルシェ、いまは古いメルセデスＷ１２４というセダン。

D&DEPARTMENTの2号店を大阪につくった頃には、東京店のある世田谷から、配送用のベンツのトラックに乗って、よく自分で家具を運んでもいた。２００９年にトラベル誌『d design travel』を創刊してからは、メルセデス・ベンツに無理を言って貸してもらった2人乗りのマイクロカー「スマート」に乗って、日本全国を旅している。

車が好きな理由のひとつは、タイヤがアスファルトに接する、あの感じ。無心で走れるのもいい（と言いつつ、運転中はいろいろ考えている）。

どんなに遠いところでも可能な限り車で行きたいと思っていて、鹿児島でも北海道でも、たとえ何日かかっても、どこまでも車で行ってしまう。あまりに時間をとられるから、スタッフからは嫌がられているけれど。

僕は、長距離トラックの運転手みたいに、100キロごとに必ずサービスエリアに入って休憩をする。東京から大阪なら計5回、中間過ぎあたりの名古屋では大休憩。そしてサービスエリアに入るとき、いつも車は人生だなと思う。

僕は高速道路を走るときは、いつも80～100キロと決めている。しかも車線は真ん中。すでにもう二流っぽい走り方でしょう（笑）。

一流を車にたとえるとしたら、右側の追越車線を、ブレーキもかけずに200キロで走るようなもの。横の車線の車を抜き去りながら猛スピードで走り続けるのは、もちろん大変だけど、そのぶん目的地に早く着く。

ベンチャー企業の経営者の自叙伝などを読むと、ビジネスのスピード感を「ジェットコースターからF1マシンに乗り換えたみたいな感覚」なんてたとえている。F1マシンの体感がどれぐらいかわからないけれど、たぶん一流はそんな感じなんだろう。どんなトラブルに巻き込まれるか予測もできず、水も口に繋がったチューブで飲むのがやっと、レースがスタートしたらゴールまで休憩もなく、ひたすら走り続けないといけない。

ちなみに、二流を車にたとえるならナガオカ流。無理にスピードを出すわけでもなく、

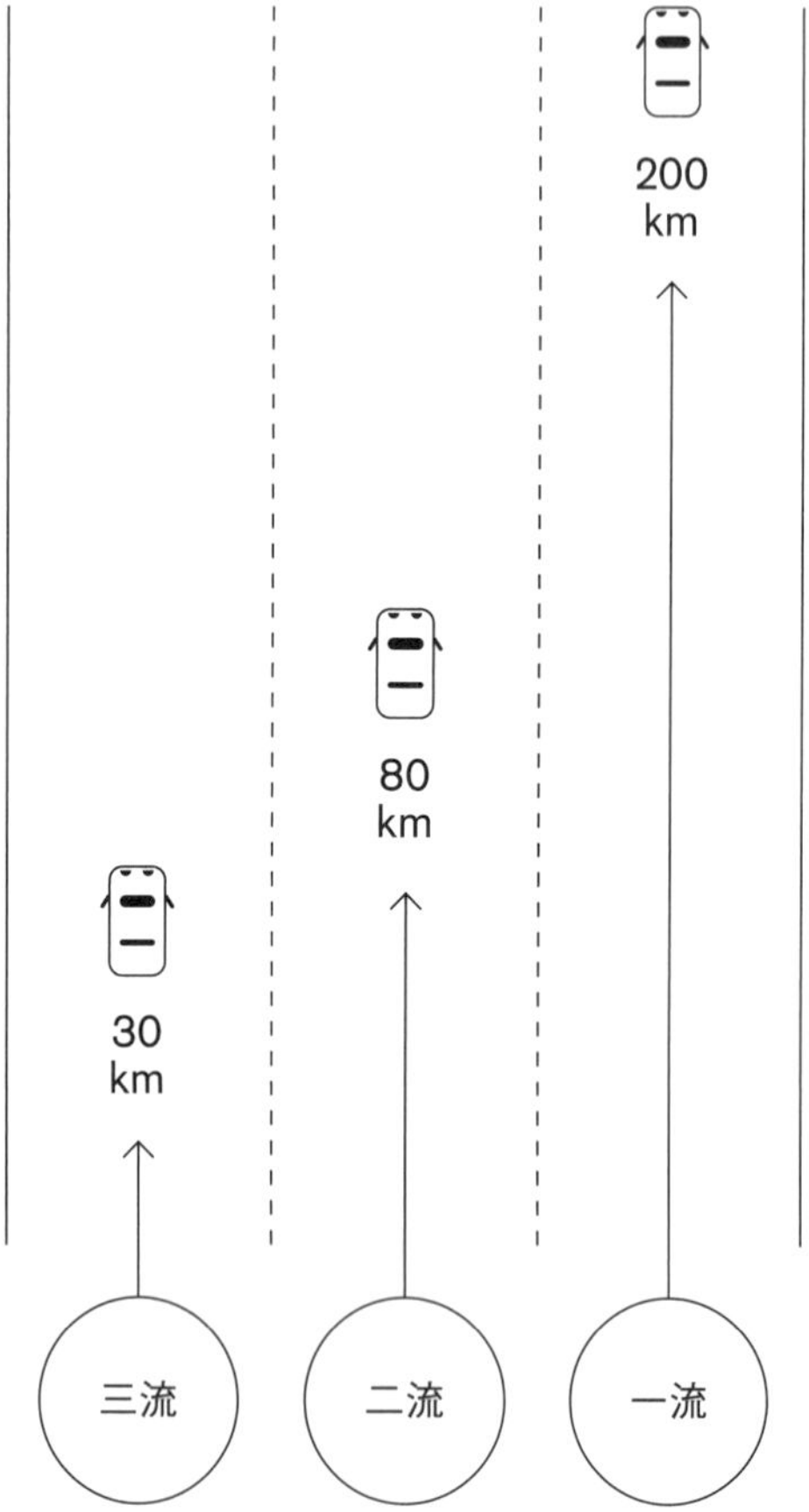
200 km
80 km
30 km
三流
二流
一流

遅いわけでもない80キロで、ペットボトルのキャップくらいは開けられる。どうしてもおなかがすいたら、右手でハンドルを握りながら、左手でおにぎりを食べたりできるくらいの適度なスピード。

基本は真ん中の第二車線を走り、左車線の三流を抜きながら、たまに一流の仲間入りをして右車線に出て、追い越しもする。でも一流が来たら、すぐに道を空けないといけないと知っている。

三流は、左車線をのんびり30キロで。目的地に着くまで時間はかなりかかるけど、友だちとも話せるし、景色もゆっくり流れるし、いいこともある。

あ、これはあくまで僕の体感するスピードからイメージする話です。

でも、自分がいま、どの車線を走っているのかは当然自覚が必要なわけで、それは、高速道路じゃなく人生でも同じ。たまに僕が右車線を走っていると、なんでそんなに遅いスピードで走っているのという車が前にいて、イライラすることがある。たぶん悪気はないけれど、「この三流め」と思う（笑）。

そして、こういう自覚がない人がいるから、渋滞が起きる。

昔すごく急いでいるときに、東京から大阪まで、ずっと右車線を走り続けたことがある。気も抜けないし、第二車線を走るより圧倒的に疲れたけど、いつもよりずいぶん早く着いて、「これが一流か!」なんて興奮したものだ。でもすぐに、やっぱり僕には向いていないかも、とも思った。右車線を見て楽しく走る真ん中車線、悪くない。

強みを活《い》かすのが一流、弱みを活かすのが二流

一流の人は、技術はもちろん、みな、その世界で評価される作家性を持っている。特技とか強みと言ってもいい。もちろん一流にだって、弱みはある。でも、それを隠すというか、克服し、圧倒するだけの強みも同時に携えているのだ。

たとえば、僕が前に住んでいた安藤忠雄さん設計の家には、日当たりのいいところに窓がなくて、とても寒かったと、第1章に書いた。それ以外にもいろいろと問題はあって、住む前から気になっていたこと、住んでみて気づいたこともある。でも、そうしたマイナス面を吹き飛ばす、ここに住みたいと思わせるだけのパワーがあるわけです。

強みをエンジンにして、走り続けるのが一流だ。

当然、一流はバッシングを受けることも多い。最近は、ツイッターとかフェイスブックもあるから、もし二流以下の人だったならば、へこんで立ち直れないと思える悪口もたくさん言われている。でも、目的地が明確で、右車線を200キロで走り続けている一流には、そんなものはいちいち目に入らない。そもそもブレーキをかけない、止まれない。

たまに、一流と言われる人で自殺をしてしまう人がいるけれど、その原因は、あるときに弱みがもとで立ち止まってしまったからだと思う。

もし、天才的な特技を持っていて、さらに弱みを見せられる人がいたら、それを超一流と呼ぶのかもしれない。

二流は、自分に圧倒的な特技がないことを知っているから、ハナから強みを活かそうとは思わない。二流のあらゆる発想の原点は、弱みだ。「できなかったらどうしよう」「売れなかったらどうしよう」という不安を抱えながらも頑張る。

二流の場合、スピードは80キロなので、そこそこ景色も見えるから、批判だって目に入るだろう。でも二流には、三流と一流の間の「板挟み」によって育《はぐく》まれた精神力がある。気のせいかもしれないけど、僕の知っている二流はあまり病気もしない。

黒Tシャツの話のように、わかっているけどできないのが二流だ。そういう自分の弱みを知っているからこそ、バランスをとって生きていくことができる。もちろん、200キロと80キロでは受ける風の強さが違うように、ふりかかってくる問題の量もスピードも、一流よりはずっと少ない。だから耐えられる。

80キロでひたすら第二車線を走り続け、サービスエリアでちょこちょこ休憩をとりながら、ジワジワ進む。

三流は、30キロだから、いつでもすぐに止まれる。くよくよ悩んでは立ち止まり、弱みばかりで行動できない。

三流が陥りがちな、「行ってないけど知っている」

フェイスブックをやっていると、知らない人から友だち申請がくることがある。僕は友だちになるのは実際に会った人だけと決めているので、断ることにしているが、会ったこともない人でもつながりたいという人は意外と多い（お断りしてしまった人、ごめんなさい）。

そこに関連した話を。第1章で、僕のこれまでの経歴を「ベースを踏んだだけ」と書いたので、ここでもそれを野球にたとえてみる。実際の野球の試合をしているのが一流だとしたら、一流がやっている試合のベンチにいて、その空気を感じられるのが二流。そして、リアルの野球ではなく「野球ゲーム」をしているのが三流。フェイスブックでつながっただけで満足している人というのは、つまり、そういうことです。

ネットで調べれば、よっぽどのことがない限り、なにかしらの情報は得られる時代。とくにレストランなんて、メニューや料理の写真、外観はもちろん、味についてのレビューもあって、点数までついている。

みんながツイッターやフェイスブックをやっているから、誰がどこで何をしているかもわかってしまう。会ったことはないけど、友だちの友だちだから、なんとなく知っているという人も増えた。

でも、この「行ってないけど知っている、会ったことも話したこともないのに知っている」というのは、とくに三流の人が陥りがちな危険な感覚だと思うのです。

僕は、たまたま原さんと出会い、デザインコミッティーにも入れてもらって、一流というリアルな世界を知ることができた。二流は一流の人と接することができる。でも三流は、二流を超えて、一流の人と接することはなかなかない。

一流の人たちと会って驚くのは、さまざまな人に会って多様な考え方があることを理解しているし、何でも体験しているということ。だからこそ、その体験をもとにオリジナルの解釈に落とし込むことができる。そこで得た経験を新しい表現につなげられる。

二流は、ギリギリ一流とつながっているから、そこそこ人に会ったり、そこそこいろんなところにも行っている。でも、まだ体験が少ないから、オリジナルの解釈にまではなかなか落とし込めない。

三流は、体験が圧倒的に少ない。だから、ネットなどの情報で判断するしかない。

僕がトラベル誌をつくって日本じゅうを回るようになったのには理由がある。それは、一流が行っている場所には行っておかないといけないと思ったから。もちろん場所だけではなくて、お花とかお茶とか、一流の人たちが当たり前に体験している、日本のすばらしい文化にも触れてみたい。

あるとき僕は、原さんに「お茶を習いたいんですが」と相談をした。すると「オレが習っている先生のところに行くか？」と言って、紹介してもらえることに。こうやってすぐに、一流によって一流とつなげてもらえるのも、二流のありがたみ。

一流には、たしなみが必要だ。そして二流にも、一流と接するにふさわしい、たしなみがある。だから僕は、何でも知りたいし、見てみたいし、体験したい。ミーハーな二流として。

「一流言語」を理解する

業界用語のようなもので、一流の人たちに共通する「言語」がある。子どもでも学生でも社会人でも、どんな世界にもある、流行というか共通認識のようなもの。「この人は、こんな音楽を聴いている」とか「こういうモノが好き」というセンスを暗黙のうちに了解することの、言語バージョンと言えばいいのかもしれない。

二流は、この一流言語を咀嚼《そしゃく》、翻訳して理解できる。でも、三流は翻訳できなくて、ポカンとしてしまうのだ。

たとえば、友人のデザイナー、吉岡徳仁さんと話していると「存在を消したい」という言葉について考える。会話の中で、具体的な言葉としては出てこなくても、それを感じるのだ。これも、たぶん一流言語のひとつ。

吉岡さんをはじめ世界じゅうの一流と呼ばれる人は、数学者や物理学者を尊敬していることが多く、自分の研究分野に、自然科学の要素を取り込もうとする。そして突き詰めていくと、最後は「存在を消したい」というところに行き着くのではないか。

吉岡さんは、透明なガラス製の「雨に消えるイス」という作品をつくっているし、これと似たような話は、建築の世界にもある。日本の最先端の建築家、石上純也《いしがみじゅんや》さんと対談をしたとき、彼は、カーボンファイバーと糸でつくった、近づかないと見えない巨大なインスタレーションの話をしてくれた。

ほかにも、建築なのに建てない「アンビルド」とか、仮説を立ててそれを検証する「理論天文学」などもそう。僕のやっている、復刻商品によるブランド60VISIONも、「つくらない」という意味で方向としては同じ。ただ、僕は二流なので、理論武装が幼稚なんですが（笑）。

いま、建築の世界では、構造など中身に制限がありすぎて、建築家はビルの表面くらいしかいじるところがないと言われているそうだ。

スペインにサンティアゴ・カラトラバという世界的な建築家がいる。彼はもともと構造建築家で、つまり中身のデザインをつくっていた人。普通、建築の世界では、構造をつくる人は建物の外見をデザインする建築家より下に置かれがち。でも、彼の、構造計算を駆使してつくられた骨や翼を組み合わせたような強烈なデザインに、世界じゅうの建築家が憧れている。第1章に書いた、監督よりもギャラの高いアシスタントみたいな逆転現象が、ここでも起きているのだ。

中学生の頃、僕は建築家になりたいと思っていて、建築科のある工業高校に進んだ。いまでも僕が建築に憧れるのは、ビジネスとデザインが一体化しているから。社会と接点を持ちながらも、最先端のデザインや建材を取り入れていくところだ。

グラフィックデザインやファッションデザインは、自己満足の作品をつくることに終始することだってできる。でも、建築は、実際そこに住む人や働く人がいるから、そういうわけにいかない。だって、建築家の自己満足だけで、ビルをつくられたらたまらないでしょう。

一流の人たちの言葉や情報は、素材そのままではなく、調理がされている。二流の人は、職人がつくったお寿司を食べに行って「ああ、仕事してるな」と思うように、一流の言葉を理解して味わえる。でも三流の人は、食べてみておいしいと感じるだけ。どうしておいしいかがわからず、たぶん素材がいいからだな、くらいにしか思えない。

一流の人は、調理がうまいだけではなくて、鼻もきく。いつもいい食材を食べ続けているから、ちょっと添加物が入っていればすぐわかるし、いつもいい油で揚げたてんぷらを食べているから、悪い油を使えばすぐ胃にもたれる。

二流の人は、一流の人が調理した言葉や情報をほしがり、それを一流の人に噛み砕いてもらって理解する。三流の人は、一流の人の言葉や情報を聞いても、それってただの素材じゃないかと思って、意味を認識できない。

一流は多くを語らず、三流は話しかけながら内容がない

話す内容で、一流・二流・三流が見分けられるという話（P32参照）を書いたけれど、それは内容だけでなく「量」にも言える。時間の使い方の違い、とも関係するかもしれない。

一流はとにかく忙しい。だから、いかに短い言葉で、短い時間で自分の気持ちを相手に100％伝えられるかを考えている。

たとえば、僕と原さんとのメールのやりとりは、すごく短い。一流の人からのメールは、まるで俳句の世界のよう。俳句に、季語や短い言葉の裏に込めた大量の情報があるように、短いメールでこんなに考えさせるんだと、いつも感心してしまう。コム・デ・ギャルソンのデザイナー・川久保玲《かわくぼれい》さんのメールもそうだった。

僕がデザインコミッティーを辞めることを決めたとき、これはずいぶん悩んで悩んで出した結論だったけど、それでも原さんへの報告は、わずか数十文字。原さんも、もちろん思うところはあったはずだし、推薦した責任も感じていると思うけれど、そのあと、やりとりはとくになかった。

そして、ある人の結婚式で久しぶりに会ったとき、原さんは僕を見ると、「よう」と手を挙げた。それだけで、言いたいことや気持ちが、全部伝わる仕草、表情。本当にやさしくて、僕は涙が出るくらいうれしかった。

一流は多くを語らない。逆に、三流は時間があるから、ダラダラ考えて、ダラダラやりとりしてしまう。自分から話しかけ、長々と話したあげく、内容がないのが三流だ。

よくトークショーのあとの懇親会で、「僕もそう思ってるんです！」と話しかけられて、延々その人の話を聞かされることがある。

僕は、二流のいいところは、相手に気配りできるところだと思っているから、基本的にどんな話をされても、それなりににこやかに返しているつもり。それでも、こういう人と話をすると、クタクタになってしまう。

「僕もそう思ってるんです」と言って、話を盛り上げたように見せれば近づける、と思っているのかもしれない。でも、話し方やボリュームで、本当にそう思っているのか、薄っぺらいかはすぐにわかる。

また、トークショーで、僕が「質問はありますか？」と言っているのに、質問ではなく自分の「主張」をはじめてしまう人もいる。一度、あまりにも空気が読めない人がいて、壇上から「ウルサイ！」と返してしまったことも……（笑）。

人とのやりとりは、難しい。そしてやりとりとは、言葉のキャッチボールではなく、思いやりの応酬だ。

一流と知り合いたければ「上質な二流」になる

僕は、原さんたち一流に触れることで、二流になった。でも、近くに「一流のサンプル」がいないという人も多いだろう。もし周りに一流がいない、一流と知り合うにはどうすればいいかと聞かれたら、僕は「まず二流になるしかない」と答える。

なんだか禅問答みたいだが、それは事実。段階を踏まずに一流に近づくことはできないのだから。

あるとき、トークショーに来た学生から「ナガオカさんの仕事をそばで見て、勉強したい」と言われた。そのあと、すごく熱い長文のメールが送られてきて、メールの最後には「僕にはこれだけ情熱があるので、ナガオカさんもそれにちゃんと応えてほしい」

というようなことが書いてあった。

僕はその一文に頭にきて、こう返信した。

そもそも、僕は君と違って忙しい。1日200通くらいのメール、150人くらいのフェイスブックの友だち申請がくる。弟子にしてほしいと言うわけでもなく、タダでもいいから働かせてほしいと言うわけでもない。就職したいわけでもなく、ただ見学させてほしいなんて、都合がよすぎる。君みたいなやつが一番面倒くさい。

そして、なぜ面倒かという理由を、こと細かに説明した。

僕は一流ではないけれど、まずは段階というのがある。こうやって、段階を飛び越える行為自体が胡散臭いし、あつかましい。それくらい君とは、時間も言語も違う、と。

それがわからないのだから、三流の彼に僕ができることは、ひとつだけ。それは、こっぴどく叱《しか》ること。きっとその学生は、いまでもピンときていないと思う。でも、「なんだかわからないけど、すごく怒られた」という記憶を残すしかない。

会社に入ったばかりの新人が、いきなり社長と話すことはできない。経験を積んで中堅社員になり、やっと社長と話すことができるようになる。応援団とか体育会系の部活では、3年生は神様で、1年生は3年生と直接話せないなんていう話も聞く。さすがにそれはひどいと思うけど、まさにそれに近いステップアップがある世界。

僕が、一流の人たちと出会えるようになったのも、三流↓二流の下↓中↓上と段階を踏んできたから。二流の上になったことで、たまたまデザインコミッティーという一流ゾーンにいったん引き上げてもらった。それでも、いまだに僕は、「一流の上」の人に、気軽にアポを取ることは無理だと感じている。

一流と知り合えるかどうかは、いかに「上質な二流」になれるかどうかにかかっている。周りに一流がいないと悩む暇があったら、「上質な二流」になろうと努力すること。そうすれば、いつか自然と一流が寄ってくる。

では、実際に何をすればいいか。配慮だったり気配りだったり、必要なことはいろいろある。僕がひとつだけ言えることは、「わからなかったら二流に聞け、二流を見ろ」ということ。たとえば、新入社員なら先輩に聞けばいい。いまでは薄くなってしまった、先輩後輩といった上下関係は、僕は本当にすばらしい仕組みだと思う。

まあ、たまに、こっぴどく叱られることもあるだろうけど。

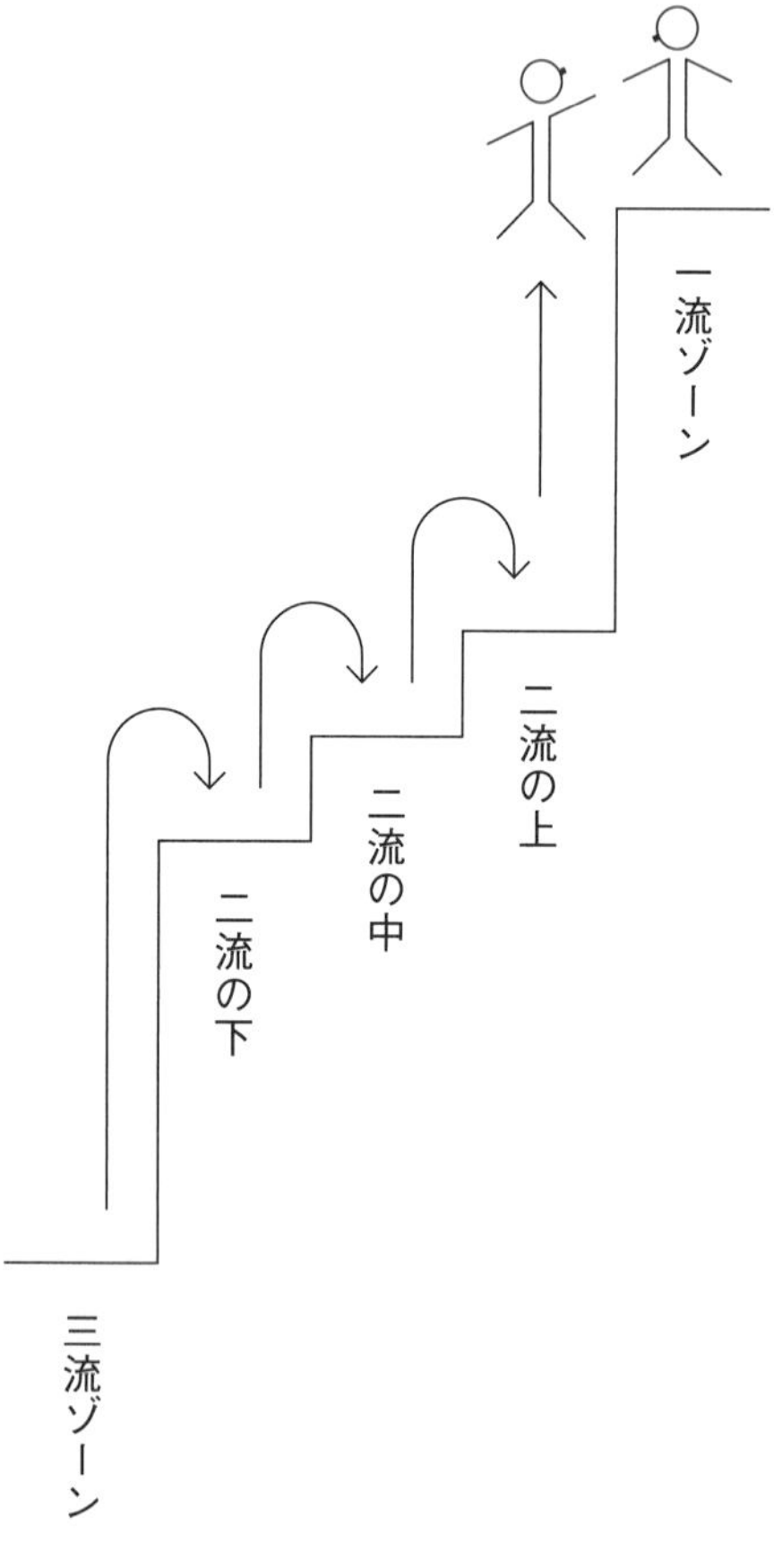
一流ゾーン
二流の上
二流の中
二流の下
三流ゾーン

一流になる方法は2つある

一流になる方法は2つある。三流→二流→一流と、一歩一歩階段を上がっていく人、そして、歌舞伎など伝統芸能の世界のように、もともと一流の家系に生まれる人だ。

世襲で、生まれながらに一流になれるなんて、ズルイと思うかもしれない。会社でも、そうやって後を継ぐというのは、悪く言えばなあなあでダラダラ、でも、そうしないと守れないものがある。それは、近くにいなければ伝えられない「育ち」のようなものだ。

きっと歌舞伎にしろ会社にしろ、ただ順番に受け継いでいるように見えて、僕らが考える100倍大変なこと。取り巻きや、やっかみだって多いだろう。

どちらにしても、一流になりたい人は、必ず一流の下で学ぶ。それがたまたま親だった人と、自分から「親」を探す人がいるだけだ。

最近、田舎に帰ってコミュニティー活動をしようという学生が増えている。そういう子に、僕はこう言う。

「君がやりたいのは幹じゃなくて、枝葉でしょ。幹に沿って枝葉になりなよ」

幹として、コミュニティー活動をしている人たちに一度学んで、枝葉になっていったほうがいい。枝葉だけ成長しても根が張らないから、結局何かがあったら、挫折《ざせつ》してしまう。

僕は、原さんという一流を見て、まずは二流になろうとした。でも、この学生たちは、二流を見て二流になろうとしている。

昔は、建築家になるには、どこどこの一流の事務所で修業をして一流を知り、三流から二流になって、という段階を踏むのが当たり前だった。でもいまは、デザインの世界でも建築の世界でも、どこにも所属せずに、デビューしてしまう人が多い。

会社や組織とかに所属せずフリーランスでもやっていける、権威を獲得しないでも時代はつくれるというふうに思っている。

こういう人たちは、世襲とか会社とかに属することで得られるものを知らない。一流・二流・三流を知らないし、そもそも考えていない。

もちろん、安藤忠雄さんのように、誰にも師事せずに、たったひとりで一流になった人もいる。でも、それは相当にレアなケースだと思っていないと勘違いしてしまう。

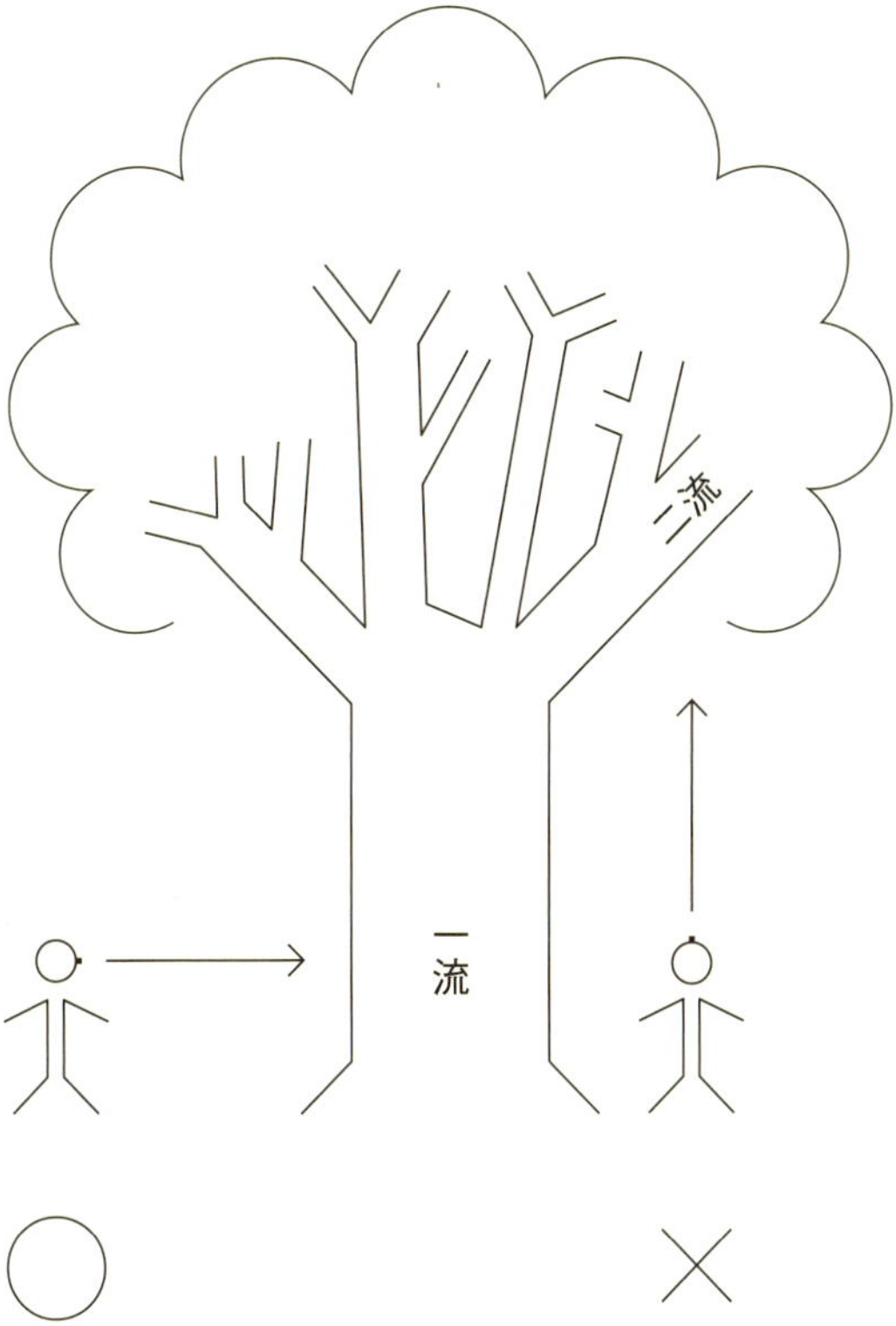
二流
一流

僕は、たまたま横にいた上司が一流になり、たまたま友だちになった吉岡さんも一流になった。そんな偶然もあって、日本デザインコミッティーに入れてもらったり、毎日デザイン賞にノミネートされたり、一流のすぐ手前まで来た。

最初は、ここまで来たと喜んでいたけど、その扉を開けることがどれだけ大変かということを、考えるようになる。僕がせっかく入れてもらったコミッティーを辞めた一番の理由は、恐怖だ。D&DEPARTMENTというオリジナルを確立したいと思っていたときに、人のやり方のレールに乗るのが怖かった。

でもいったん一流のレールに乗りかけたことで、見えたものは確実に、ある。

名刺を捨てられないためには、どうしたらいいか

僕が原さんの横にいて知ったのは、一流がどれだけ忙しいかということ。こういう状態を知っているか知らないかだけでもずいぶん変わってくるはずだ。郵便物の量ひとつとってもケタ違いで、もしあなたが送ったからといって封を開けてもらえるかどうかもわからない。

さっきの学生のように、長いメール＝情熱がある、と思ってるとしたら大間違い。最

近、僕ですら長いメールが届いたら、まず読まない。忙しい人にそういうメールを書くこと自体、わかっていないなと思ってしまう。一言で言うとソンしてる。

原さんほどではないにしろ、二流の僕にも、それなりにたくさんの郵便が届く。まず、封を開けるものと開けないものを選んで分けていくのだけど、パッと見て誰からかとか中身が想像できない郵便はすごく多い。じっくり確認している時間がないから、仕方なく、わからないものはゴミ箱へ。

ちなみに僕の仕事場は、D&DEPARTMENT 東京店の2階、ドローイングアンドマニュアルの事務所、自宅の机。いまつくっている静岡の家に仕事場があるので、それが完成したら4カ所。さらにここ数年は、トラベル誌の編集で1年に数カ月は地方に行っているから、名刺の住所に何かを送ってもらっても、受け取れないことも多い。

出版パーティなど、お店でイベントをするとき、僕は300人くらいに案内状を送る。その中には、たくさんの郵便を受け取っているであろう人が多いから、そもそも案内状を見てもらえるかどうかもわからない。

そこで、ビジュアルや文字もわかりやすくして、いつどんなイベントがあるのか、ひと目でわかるデザインにしている。最初から「捨てられることを想定した手紙」。二流なりに、こういう小さな努力をしています。

以前、『ナガオカケンメイの考え』という著書で、「名刺をもらって1週間後にそれを見て、顔が浮かばなかったらゴミ箱に捨てる」と書いた。この話は、かなり衝撃的だったようで、そのあといろんな人から恐れられることになったのだけど（笑）。

そんなことを知っている人が僕に名刺を再度渡してくれるとき、いいなと思うのは「前にお渡ししたはずですが、部署が変わったので、もう一度……」というもの。ストレートに「捨てないでくださいよ」と言わずに、もしかして捨てられているかも、という気持ちも含めてそれはそれでいたしかたなしですからと伝える。

僕も一流の人に、そう言って渡すことがあるから、もちろんその配慮に気づく。名刺を捨てていないか訊ねるのではなく、どうしたら捨てられないかを考えなくてはいけないと思う。

相手がどういう立場の人なのかを考えて、それに応じた気配りができると、「ああ、あの人いいな」となるもの。それは相手が、一流・二流・三流にかかわらず、そうだ。

以前、僕よりも何十倍も忙しいと思われる人から、直筆のお礼状をもらったことがあって、とても感激した。それ以来、僕も常にカバンの中に切手と便箋《びんせん》のセットを入れて、出会って感動した人に手紙を送りたいと思っているけれど……ついつい送りそびれてしまう。

やっぱり、二流ですね。

昔の一流は、二流スタイル

僕がかつて憧れていたデザイナーは、原さんをはじめ、いまではみんな50代以上の人たち。この世代のデザイナーには、地に足のついた働き方があった。

時間の使い方ひとつをとってもそう。たとえば、いまの若いデザイナーは版下や写植なんて知らない。僕がデザイナーになった頃は、文字を打ち出してくれる写植屋さんが閉まったらもう仕事はできないから、それに間に合うように作業したものだ。

でも、いまは全部パソコンでやるから、急ぐことをしない。その意識が低すぎる。

それより前の時代はもっとすごくて、昭和を代表するグラフィックデザイナー、田中一光《たなかいっこう》さんの本には、こんな話が出てくる。

当時は、ライトテーブルがないから、写真をレイアウトをするときには、ポジを窓に貼り付けてチェックする。もちろん、暗くなると見えないから、日が沈んだら仕事は終わり。デザイナーなのに、ほとんど農家みたいな状態（笑）。


そういう時代があったんだよ、なんて昔ばなしをするつもりはないけど、ここに何か大切なものが潜んでいると僕は思う。

たとえば、写植屋さんは、だいたい夜8時くらいに閉まる。でも、ふだんからきちんと付き合いをしているとわがままを聞いてくれて、9時くらいまで開けてくれたり（笑）。

働き方の根底にある大切なことは、やっぱり人と人のコミュニケーションがちゃんとできないと、仕事がうまくいかないというようなことでそれが根ざしていた。

こういう時代をギリギリ実体験として知っているのが、いまの僕たち中年世代。二流が、一流と三流の通訳であるように、僕もいまの20〜30代のデザイナーと、50〜60代のデザイナーの間で、通訳をしている意識がすごくある。そういう立場の人間が、二流についで語るから、説得力も生まれると思っている。30代とか60代の人が言っても、なんだかピンとこないでしょう。

昔の一流は、ピラミッドの上の立場にいたけど、偉ぶることがない。田中一光さんは、社員と一緒にご飯を食べて、旅に出て温泉につかり、誕生日をお祝いした。それがモノづくりのやりとりになった瞬間、突然厳しくなる。とことん付き合って厳しくする、まるで、いまの二流みたいなカジュアルなスタイルだ。これがいい。

〝便利セット〟をうまく組み合わせずに、もがく

僕が原稿を書くときに一番注意しているのは、「誰かが発明した〝便利な言葉セット〟を使わない」ということだ。

たとえば「その空間には、豊かな時間が流れていた」とか「職人のこだわりに舌鼓を打つ」とか、「感動の余韻に浸りながら」「至福の笑みが広がって」……などなど。

『d design travel』の原稿を書くときもそう。編集部では、夜中みんなで原稿を読み合いながら、「すばらしい景色が目に焼き付いた……。目に焼き付くってなんだよ（笑）」とか言い合って作業をしている。

中身のないライターは、この〝言葉セット〟を駆使し、指定の文字数を巧みに「埋めて」いく。直木賞や芥川賞をとるような一流の作家は、こんなセットは使わないはずだ。

ずいぶん昔、音楽家の友だちと話していて面白いことがあった。彼はコンピュータで曲をつくるとき、シンセサイザーやキーボードにあらかじめプログラムされている音をいっさい使わない。「どうして使わないの？」と聞くと「プロは、これはローランドに入っている音だとかわかるから恥ずかしい」と。

僕は文章のプロではないし、直木賞や芥川賞を目指しているつもりもないけど、自分の感動した思いを、まるで「レゴブロックのピースをカチッとはめたような作文」にすることだけはしたくない。

オリジナルの言葉や表現を発明できるのが、一流の作家だ。僕みたいな二流は、できないけれど自分もそうなりたいと願って、なんとかしなくちゃと思って、もがく。三流は、誰かしらがつくった便利セットをうまく組み合わせるだけ。

いちいち意識しなくても、自然とオリジナリティが滲《にじ》み出るのが一流だ。それは文章だけの話ではない。音楽だって、料理だって、デザインだってそう。

二流はそれができないから、とにかく意識しまくる。そして、意識してやり続けることで、三流から見ると、一流に見える瞬間が現れたりもする。

僕にも、自分で生み出したのに、どうしてあんなことができちゃったんだろうと思うことは、たまにある。実力と言えば実力だけど、意図的でもない。それが日常になるように、毎日とりあえず意識しまくる。

第3章　ナガオカケンメイという二流。

その日、僕は「ナガオカケンメイ」になった

この章では、僕自身のことを書いてみようと思います。つまり、ナガオカの超個人的な二流論。まずは、その原点にもなった子ども時代について触れてみます。

僕が、カタカナの「ナガオカケンメイ」を名乗るようになったのは、小学校3年生のとき。ちなみに、本名は「長岡賢明」と書いて「ながおかまさあき」と読むんです。きっかけは、まだ大学を出たての担任、伊藤先生の読み違いからだった。

名前を間違えられたその瞬間、クラスのみんなが「ケンメイ！　ケンメイ！」とはやし立てたけど、不思議と恥ずかしいという気持ちはなかった。それまで、なんとなく目立ちたくても目立てない子で、ふっきれる何かが欲しかったのかもしれない。

それが、たまたま突然スポットライトが当たって、自我が目覚めたというか衝撃を受けたというか。「僕は、ナガオカケンメイなんだ」と思い、「これはイイな」と思った。その日から、僕はカタカナの「ナガオカケンメイ」でいこうと決めた。

それからというもの、学生時代のテストの答案用紙には、ずっとカタカナで名前を書

き続けた。名前のところに毎回バツをつけられて、先生からは「いいかげんにしろ」とそれこそ何百回も言われたけど、やめなかった。その8文字をすごくドキドキしながら書いていたのを覚えている。小さい反抗であり、自己表現ですね。子ども心に、
僕にとっては、これがなければいまの自分はない、と思っているくらい大きな出来事で、伊藤先生には本当に感謝しています。

小学校3年から6年までの4年間、僕の担任をしてくれた伊藤先生は、いま考えるとかなり面白い、というかめちゃくちゃな先生だった。若い人はピンとこないかもしれないけど、たとえるなら「熱中時代」の水谷豊みたいな感じ。

無許可でクラスの生徒に校外マラソンをさせて、帰ってこない子がいて大問題になったり、宿直の日には、僕と友だちを部屋に呼んで麻雀を教えてくれたり。毎週末には、生徒3人を代わる代わる自分の車に乗せてドライブに連れて行ってくれる。でも、事故を起こして問題になったり（笑）。体育の時間には、記録のいい生徒にパチンコでとってきた缶詰をくれて、幅跳びが得意だった僕は、毎回それをもらっていた。

僕のことがよっぽど印象に残ったのか、伊藤先生は自分の子どもに「賢明（まさあき）」

と名付けた。22〜23歳の頃、一度だけ会ったことがあるんだけど、やっぱり「ケンメイ」と呼ばれていた（笑）。

小学校時代、好きな科目は体育と図工だけで、勉強はまったくと言っていいほどしなかった。家に帰ると、紙でできた自作のスピードメーターをつけた自転車のうしろに友だちを乗せて、タクシーごっこ。僕の車好きは、もしかするとここからはじまっているのかもしれない。

自動車会社と陸上、そして交換日記の中学時代

中学に入ると、僕は同級生の福井くんと自動車会社をはじめる。もちろん架空の話だけど、活動は意外としっかりしていた。

もともとは、僕が「セコイ自動車」、福井くんが「サルタ自動車」という別の会社を経営（笑）していて、それぞれ車を発表し競い合っていた。そして、中学2年のときに、2つが合併し「セコルタ自動車」に。

メインの活動は、全面の新聞広告で新車を発表すること。福井くんは絵が上手だった

ので、2人で考えた車をキレイにイラストに起こして、僕がキャッチコピーやロゴをつくる。新聞広告を教室のうしろの掲示板に貼ると、クラスの友人たちも「セコルタから新車出たか！」なんて話すくらいの浸透ぶり。

お小遣いを全部はたいて、近所のスポーツ用品店で、セコルタのロゴ入りTシャツをつくって売ったりしたこともあった。

同じく中2のときには、坂本くんという、これまた絵のうまい子と一緒に、藤子不二雄みたいにコンビを組んで、マンガも描いていた。原作とセリフが僕で、作画は坂本くんの担当。やっぱり僕は絵ではなくて、考えるほうの担当だった。

僕のグラフィックの原点は、クラス内でのこうした活動と、レタリングの通信教育。父親が新日鉄の工場に勤めていて、メーデーにはおみこしに付けるスローガンを書く担当だったのだが、それを手伝っているうちに、僕のほうがどんどん上手になってしまった。そんなに好きならと、父が通信教育をはじめさせてくれたのだ。

通信教育では、毎月「このスナックのシンボルマークをつくりなさい」といった課題が出る。雲形定規やカラス口など製図用具を使いながら、ロゴをつくってはスミを入れ、コピーをとって送る繰り返し。

翌月には、投稿作品の中から優秀賞が発表されるのだけど、しょせんは中学生だから、まったくカスリもしなかった。大人たちのつくった優秀賞の作品を見ては、なんで同じテーマなのにここまでアイデアをふくらませられるんだろうと驚きながら、毎月、作品を送り続けた。

部活は陸上部で、棒高跳びをしていて、ジュニア五輪の予選にも出場。いくつかの高校から誘いがくるほど真剣にやっていて、中3になると陸上部の2つ下の彼女もできた。放課後になると、彼女が「センパ〜イ」と交換日記を持って教室にやってきて、手をつなぎながら帰る。あれは、本当に楽しかった(笑)。

セコルタとレタリングと陸上、そして交換日記。いま思うと、充実した中学時代だけど、やっぱり勉強はまったくと言っていいほどしなかった。

高校で「不良デビュー」したミーハーなワル

中学時代に、僕は建築家という職業に憧れを持つようになった。その理由は、当時毎日流れていたネスカフェゴールドブレンドのCM。コピー、「違いのわかる男」建築家の清家清《せいけきよし》に憧れただけの理由で、建築科のある地元の高校に進むことに決めた。

通っていた愛知県立半田工業高校は、女子がひとりもいない共学校（笑）。長ランか短ランに、ヤンキーメガネと剃り込み……。全員が全員こんな格好で、僕もその例に漏れず、流れにのって不良になった。

昼休みには先輩が教室にやってきて、必ずお弁当を取るのだがそのえじきになるやつがいる。先輩が本当に怖くて、僕はいつも殴られるんじゃないかと怯《おび》えていた。幸い、陸上部の先輩が番長的な立場だったので、あまりいじめられずに済んだけれど……。

一応、学校の名誉のために補足しておくと（笑）、もちろんいまはそんなことはない。何年か前、ＮＨＫの番組「課外授業　ようこそ先輩」で、母校に授業をしに行ったことがあった。

当時の記憶がよぎって、敷地に入ることすら不安で不安で仕方がなかったのだけど、行ってみてびっくり。ブラスバンドの音は聞こえてくるし、女子もたくさんいるし、まるで楽園のようになっていて驚いた（僕らの時代から共学校だったことも、そのときに気づいたくらいで・笑）。

相変わらず部活では棒高跳びを続けていて、県大会にも出場した。それから当時はまっていたのはバンド。プラスチックスに憧れ、ファミレスのバイトで稼いだお金でシンセサイザーを買って、3人でテクノバンドを組んでいた。

わざわざ新幹線に乗って原宿まで髪を切りに行っていたのもこの頃。グレているのに髪型はテクノカット、学ランを上下とも裏返しに着たり、黒い学生カバンを真っ白にペイントしたり、オリジナルスタイル（笑）で変に目立っていた。

高校に入って不良デビューしたミーハーなワルだったけど、社会に反発したいという気持ちはあったんだと思う。

その後、東京に出てきてからの三流話は、第1章にも書いたとおり。小学校・中学校・高校時代は、二流の話と直接関係があるわけではないけれど、いまの二流な僕の考え方のベースをつくったのは間違いないのです。

僕が人に名刺を渡さない理由

最近は、会った人に、基本的に名刺を渡さないことにしている。

なんて失礼な、と思われるかもしれないけれど、それには理由がある。『d design travel』で全国を取材して回っていると、だいたい週に300枚くらいの名刺をもらう。とくに職人さんなんかの場合、名刺を持っていない人もいるから、僕が渡す枚数はそれより多くて、月に2000〜3000枚。

デザイナーだから名刺にはこだわりたいと思って、もともとは両面に特殊加工をした1枚120円もするものを使っていた。でも、それを渡していたら、月に20〜30万円もかかってしまうという事態に陥り、さすがにあきらめることに。

次に、まったく同じデザインで、特殊加工をやめスピード印刷したペラペラの名刺をつくってみたけれど、それでもいくら印刷してもキリがない。

もちろん、たとえばパーティや広告賞の審査員など、オフィシャルな場に出るときは、いまでも高い名刺を渡すし、取材でも、密に連絡をとらなければいけない人には、スピード印刷のものを渡す。

また、中には渡さなくてもいい人なのに、人間的な魅力を感じて、どうしても渡したくなってしまう人もいる。

僕は、名刺入れを見れば、その人がだいたいどんな人なのか、また、名刺を重要なものと思っているかどうかがわかる。どこから出すか、さらにその出し方も重要。財布からくしゃくしゃの名刺を出すのは当然ながらアウト。できれば、内ポケットから出してほしいし、名刺入れの中をさわりながら自分の名刺をなかなか見つけられずに迷ってしまうのもダメ。

こういうことがきちんとできていないとしたら、その人は、最初から人に会う気のない人だ。そして、間違いなく出会いに関して損をしていると思う。

僕の名刺入れにはポケットが2つあって、必ず自分の名刺と、もらった名刺を分けて入れている。夜には、その日もらった名刺を見返して整理する。

名刺を持つというのは、ピストルに弾を入れるのと同じだ。僕は名刺交換をするとき、相手がピストルを抜き本当に撃つ気があるのかどうかを見極めて、それなら自分も撃つぞ、とタイミングをはかる。

思い出せない人の名刺は捨てるし（P92参照）、しかも自分は名刺を渡さない。きっと意地悪なやつだと思うだろう。

でも、僕も昔、「いま、ちょっと切らしてて……」と言われて、おそらくわざと名刺をもらえなかった経験が何度もある。中には、本当に切らしていた人もいると思うけど、渡す必要がないから、僕が渡すに値しないから渡さなかったという人だっているはず。自分がいま、同じようなことをやっているから、それがよくわかる。

イベントなどの出演依頼をしたとき、「スケジュールが合わないので、今回はすみません」という返事をもらうことがある。これは、聞く人が聞けば、ああそういう断り方なのねと気づくもの。そこで、「じゃあ、○日はどうですか？」と再度連絡してしまうのは、空気が読めていない人だ。

世の中というのは、それくらい、厳しい。

調べない、情報を入れないのがナガオカ流

とにかく僕は、調べない人だ。調べている時間もないというのもあるけど、そもそも人をあまり信用していないし、情報も疑っている。信じられるのは「自分で感じたもの」

だけ。

たとえば、旅行に行く前にはとくにそう思うのだけど、いくらネットや本をあさったところで、それは誰かの感想にすぎない。普通の人なら予習をして、なるべく想定外のことが起こらないようにしたいと考えるだろう。でも、予習をすればするほど、下調べをすればするほど、実際に行って体験したときの感動が減ってしまう。感じるのを邪魔することはしたくないのだ。

営業時間や休日すら調べないで行くから、お目当ての店が閉まっていることも多い。自分でもバカじゃない？　って思いながら、フェイスブックに閉まっている店の写真をアップする。まあ、それはそれでと割りきって（笑）。

何かの話をしていて、わからない言葉があると、すぐに iPhone で調べて教えてくれる人がいる。でも、僕の場合はそういう話が出たということ自体、ナシにしてしまう。去年から発行しはじめた、メルマガ「ナガオカケンメイのメール」にも、送ったあとにとんでもない間違いを見つけることはよくあるし、あとで調べようと思っていた箇所を「・・」にしていて、それをすっかり忘れて、そのまま配信してしまったことだって何度かある……（笑）。

なにより最近では、情報が入ってくるのが怖い。もちろん年齢のせいもあると思う。20～30代の頃は、僕もサラリーマンだったから、自分のペースでは生活できなくて、ある程度、社会のレールに乗って生きてきた。読んでおかないといけないもの、知っておかないといけない情報は押さえていたと思うし、そうやってインプットするのが当たり前だと思ってすごしてきた。

でも、ここ10年くらいは、それがようやくアウトプットに変わって、いままさに吐き出している最中。そのときに、気のきいたキーワードみたいなものを読んでしまうと、すごく脱線してしまう気がする。

それが怖いから、定期購読するほど好きだった『カーサ ブルータス』などの雑誌もまったく買わなくなったし、できるだけ開かなくなった。

テレビも、キッチンでご飯をつくるときと洗い物をするときに眺めるだけで、食事中は消す。妻はテレビが好きなので、僕がいないときや、寝静まってからこっそり観ているという話を聞くと、少し申し訳なく思うけれど。

トークショーをすると、学生から「いま、私たちは何をすればいいですか？」と質問をされることがある。この漠然とした問いに、僕はこう答える。「大人のマネをしないで、実際に自分の足で行って、とにかく何でも見まくりなさい」と。

一流と三流は教わり、二流だけは教わらない

時間軸で普通に考えるならば、三流は教わらず、二流は教わり、一流は教える。また、一流こそ教わるものだと言う人もいると思う。どちらもパッと見はキレイに収まっているけれど、僕にはどうもどちらもしっくりこない。

ナガオカ論で言えば、二流だけは教わらない、となる。

学生時代の話を見てもわかるように、僕はこれまで、まったくと言っていいほど教わっていない人間だ。僕にとって学校は、誰かしらが考えたレールに見えてしまう。働きはじめてからも、人と同じやり方をするのは嫌いなので、そういうレールの上は意識的に

走らないようにしてきた。

ただ、いまは教わることに憧れている。とくに何をというのはまったくなくて、お茶でも乗馬でもギターでも。レールに乗りながらも、あくまで自分のペースで教わりたい。なんだか都合のいい話ですが。

実際教わることになったら、まったくもって向いていないだろうということはわかっているし、絶対に続かない（笑）。ようは、ここでも「ベースを踏んでおきたい」というだけの話。教わったことを知識として吸収し自分の糧にしたいんじゃなくて、やっぱり体験を重ねたいだけ。

二流の僕はそれなりに「体験」をしているから、人から知識として何か得ていると思われがちだ。たとえば、トラベル誌をつくっているから、地方についてもすごく詳しいと思われる。で、よくこんな質問をされる。

「これだけ日本じゅうを回っていたら、なんとかの産地のこういうものについては、どう思いますか？」というような。

でも、こう聞かれたところで、僕はただ回っているだけだから、「さあ？」となってしまう。

第1章にも書いたとおり、僕の記憶力のなさは折り紙つきだ。だから、トラベル誌の出版記念に、明日トークショーをしなければならないという事態になると、いつも自分で書いた原稿を読み直しておこうと思う。でも、そう思うだけで、結局は読み直さない(笑)。「やらなくっちゃ、というベース」を踏んだら、もうそれでいいのだ。

体験さえしたらもういい。ベースを踏むだけでいい。ある意味こだわりのなさというか執着のなさは、本をつくっているときもそうだ。本が出版される前には、確認のため、自分の書いた原稿がレイアウトされ版面の文字組み状態で送られてくる。いわゆる「ゲラ」と言われるやつだ。

僕の本をプロデュース・編集している、著述家で編集者の石黒謙吾《いしぐろけんご》さんは、これまで200冊の本をつくっているが「仕事で関わってきた著者の中でも、ナガちゃんは、断トツでゲラに興味がない」と言うくらい、見事に読み返さない。石黒さんにどんなに真っ赤っ赤にアカを入れられても、気にならない。

読んでいる時間がないという事情もあるし、石黒さんという信頼している人が、こっちのほうがいいと言うんだから、直してもらったほうがいいに決まってる、というのももちろんある。もしかすると、僕の中の教わりたい気持ちが、そうさせているのかも。アカを入れてもらって、間違いを教わったからもういいや、と。

店のスタッフでも、僕はこの人だったら任せてもいいという人がいたら、全面的に委《ゆだ》ねてしまう。いままでは店のレイアウトやデザインに対しても、まったく口を出さなくなった。そう考えると、実は、委ねられるようになるのが二流になれたことかとも思う。

たぶん一流は、「お前に任せた」と言っておきながら、とことん自分でやる。そのこだわりは尊敬に値するけれど、そう言っておきつつも委ねないとしたら、一番嫌なタイプ!?（笑）。で、委ね方を知らないのが三流です。

「風呂敷を広げ続ける」ということ

社会人になってから、僕はずっと、風呂敷を広げ続けて生きてきた。20代の前半、最初に勤めた会社を辞めたときも、受かってもいない会社に受かったという風呂敷を広げたし、借金をしてお店をはじめたときもそうだった。それからも、47都道府県に

D&DEPARTMENTをつくると言ってみたり、トラベル誌『d design travel』をつくると言ってみたり……。

一流は、風呂敷は広げない。そもそも、できること「しか」しないのが一流だから、風呂敷なんて広げる必要がない（広げさせることはあるかもしれないけれど）。でも、二流は風呂敷を広げて、もしかしたらできないかもしれないと思いながらもやる。三流は、ただ無邪気に風呂敷を広げまくって、結局できない。

二流は、よく言えば有言実行で、三流は大言壮語だ。

誤解を恐れずに言えば、僕は最近、たいていのことが楽しくない。

自分は新しくて面白いことをやろうと思って、たとえば「ロングライフデザイン」とか「デザインリサイクル」とか、テーマとして社会性のあるものを取り上げている。そうすると、社会性があるがゆえに、意外と批判されたり、お金にならなかったり、やればやるほど不自由になっていくことが多い。

しかも、プロジェクトが大きくなればなるほど、他人の目も気になるし、自由に振る舞えない。これって、まさに二流の証。一流は、たぶんマイペースでやってしまう。でも僕には、バランスをとろうという、みみっちい根性がある。

2012年に、僕は渋谷の複合商業施設、ヒカリエの8階にある、クリエイティブスペース「8/（はち）」のデザインディレクターになった。前述の石黒さんから言われて思い出したのだが、ヒカリエのオープンから数日後に会ったとき、僕は暗い顔をしてこんなことを言っていたらしい。

「『8/』が続くかどうかが心配だ……」

石黒さんは、テレビで報道されたり、世の中がこんなにヒカリエで盛り上がっているのに、なんでこの人はこんなに暗い顔しているんだろう、と思ったそうだ。

僕はそのとき、こんなに風呂敷を広げちゃっていいんだろうか？　と悩んでいた。大きな風呂敷を広げて、それが実際に動いてしまうことに。ちょうど、やりたいという人が現れたりして、自然と回っていってしまう状況のプレッシャーがずしんと重い。

鹿児島で、マルヤガーデンズという百貨店の全館総合プロデュースをしたときにも、まったく同じようなことを思った。

正確に言うと、僕がヒカリエ「8/」のデザインディレクターになったのは、「なんとなく」だ。もともとは一テナントとして出店をして、同じフロアの出店者と一緒に何かしようという話をしていたら、いつの間にかそのポジションになっていた。

たぶん、そういう人をほしいと思っていたところに、ちょうど僕みたいなのがやってきて、これはいいと思ってくれたのだろう。僕が、これまでずっと風呂敷を広げ、ベースを踏むだけのランニングホームランを続けてきたのを見て、そこに据えたら成立すると思われ、そして実際に据えられる。僕の力量に関係なく、ただなんとなく。

据えられてしまったからには、僕はその立場で、発言したり物事を決定したりする。それが、だんだん鎧《よろい》のように形づくられ固まっていく……。

するとそのうち、また違うところから、「あれくらいの風呂敷を広げてほしい」と言われる。いままでよりも小さい風呂敷を広げるわけにはいかないから、もっと大きいものをドーンと広げることになる。そして、それがまた成立してしまうのが、つらくもある。自分の力の何倍もある、絶対無理だということをしなければならないから。

原さんを見ていても、吉岡さんを見ていても、上に行けば行くほど、大きくて完成度の高いものを期待されるようになる。

僕は一流ゾーンには行けないし、一流をあきらめた人間だ。だから、せめて風呂敷の広げ方とクオリティだけは意識する。これくらいしか広げられません、と。二流の僕は、一流の人たちと対等にやっていくことはできないという自覚のうえでそうするのです。

二流は、二流の友だちが少ない

僕は人見知りだ。基本的に人と会うのがつらい。商業施設のディレクターをしたり、日本じゅうを回ったり、こんなにいろいろな人とやりとりをする立場にいるくせに何を、と思われるかもしれない。でも、昔はプレゼンでも緊張してアガりまくっていたし、そのリハビリに喫茶店で働くことにしたくらいだから、これは本当の話。

展覧会のオープニングやトークショーのあとの懇親会、そういうときの僕は最高に頑張っている。今夜は晩酌をしてバタンと寝ようなんて、会が終わったあとのことばかりを考え、それだけを楽しみにしていると言っていいほどだ。

あ、こんな話をすると、もう誰も、話しかけてくれなくなるかもしれませんね。これでも昔に比べると、人見知りもだいぶ治ったし、緊張もしなくなりました。もちろん、いろんな人と話すのは面白いし、刺激にもなるので、僕を見つけたら気にせず話しかけてください（笑）。

たぶん自意識が過剰なんでしょう。常に「どう見られているんだろう」というのを気にしすぎているから、パーティなんかに行ってもすごく居心地が悪い。一次会でヘトヘトになって退散してしまう。

これは完全にナガオカ論だけど、僕のように二次会に行けない人って、二流には多い気がする。

一流はやっぱり、必ず最後の最後までいる。三流もそうだ。だからたいてい、二次会や三次会には二流がいなくて、一流と三流ばかり（笑）。二流の人も、頑張って二次会に行けば、もっと出世するかもなんて思うくらい。

ちなみに、一流同士が接点を持ちたがっているかどうかは別として、一流は一流だけで集まるシチュエーションが多い。デザイン界で言えば、デザインコミッティーみたいな集まりだってそうだし、ナントカ賞の審査会みたいなのもそうだ。たまに、僕みたいな二流がポコッと呼ばれることはあっても、基本的には一流の人ばかり。

同じように、三流ばかりが集まっているところもある気がする。

でも、二流が集まることは、あまりないのではないか。二流が一堂に会する場が想像できないし、そもそも二流だけを集める必要がないだろうし、二流同士が集う理由が思いつかない。だから二流は、二流の友だちが少ない。

二流だけが、人の目を気にする

この話は本当はあまり言いたくなかったのだけど、もうさんざん自分の恥ずかしい話をしてしまったので、この際だから書いてみます。

僕は、愛用しているMacBook Airのキーボードを、右手の中指一本で打っている。左手は、たまにシフトキーを押す程度。日本デザインセンターで働きはじめて、最初にワープロのキーボードをさわったときから、かな入力の一本指打法（笑）で、原稿をたくさん書くようになったいまでも変わらない。正直、どこかで変えておけばよかったと後悔している。

たまにこの話をすると、「よくあんなに長文が打てますね」とみんなにびっくりされる、というか少し引かれる……。

打つこと自体はすごく速いのだけど、恥ずかしいから人前で打てない。たとえば、新幹線での移動中、原稿を書きたいと思ってパソコンを開く。でも、隣りに人が座った瞬間、二流のプライドが邪魔をして、見られたくないと思う。そして、両手で使っているフリをしたあげく、パソコンを閉めてしまうのだ。

妻からはよく、「そんなの誰も見てないから！」と言われるし、自意識過剰というのもわかっているが、どうしても人の目が気になってしまう。最近は、iPad も持ち歩いていて、タブレットだと一本指でごまかせるのでうれしい（笑）。

「二流だけが、人の目を気にする」と言いつつ、僕の場合は、三流だったときも人の目を気にしていた気がする。高校時代、東京に髪を切りに行っていたのもそうだけど、日本デザインセンターに入ったあとにも、こんなことがあった。

テレビ番組で、当時社長だった永井一正先生が、あるアーティストが大好きだという話をしていた。すると当然、三流の僕は、すぐにそのアーティストの4枚組のCDを買ってきて聴きはじめる。

でも何度聴いても、正直よさがまったくわからなくて、雑音にしか聴こえない。イライラしながらも、僕はそのCDを2年くらいずっと聴き続けた。

前にも書いたように、一流は人の目は関係ないし、周りの評価にも批判にも動じることはない。でも、一流でない人は、人の目を基準に何かをしようとする。もっと上に上がろうとしたり、評価されようとしたり。

CDでも本でも、あの人がいいと言っていると聞くと、苦痛だけど聴いたり読んだりしてしまったこと、ありませんか？　中学生が、よくわからない洋楽とか、難しい本を読んでしまうのと、ちょっと似ているかも。

一流が聴いているものを聴いているという満足感。こういうミーハーな一流への執着だって、考えようによっては二流なりの努力。でもさすがにいまだったら、そのCDを捨ててしまうかもしれない（笑）。

ほめて二流にするのではなく、二流になったらほめる

僕は、自分の会社の社員をめったにほめない。ほめて伸ばすのはいいなとは思うけど、めったにほめないように「心がけている」。最近は、日本全国を回っていることもあって、事務所やお店にいられる時間も前に比べて減ってしまった。だから、スタッフと中途半端にしか接していない自分が、いくら「いいねー」なんて言っても、その中途半端感は必ず相手に伝わってしまうとも思う。

ウチのお店は定期的にレイアウト変更をしていて、この間、それがあまりにすばらしかったので、ショップディレクターの斉藤をべたぼめした。メールはたった1行。「これに行き着くのに、12年かかったよな」と。

僕がほめるのは、なるべく自分の「二流的感動ゾーン」に入ってきたものだけ。三流の人をほめて二流にするのではなく、その人が二流ゾーンに入ったときにズバッとほめたい。それに、めったにほめない人から、ほめられると100倍くらいうれしいという狙いもあって。あ、ここに書いたら意味ないですね（笑）。

めったに人をほめないくせに、僕は「なんでこういうことするの」と、すぐに人を怒ってしまう。そして、自分の欲求をただぶつけてしまったことを、いつも反省する。

一番いいほめ方、怒り方は、相手が気づくように仕向けること。自分が腹立った気持ちを抑えて、気づくような動機をつくれるのが一流だ。

一流は、絶対に人をけなさないし、怒らない。たとえば、デザインコミッティーの人たちを見てもみなそうで、本当にすごいなと思う。あと、また時間の話（P81参照）になってしまうけど、多忙な一流は、いかに短い時間で、効果的に相手に気持ちを理解させるかという思考に至っている。

たとえば、怒りを伝えるときも、必ず「これすごくいいね。でもさ……」と、まずほめから入る。そして相手に「オレ、こんなに頑張っているのに、ここの詰めが甘かったんだ……」ということを気づかせる。

昔は、議論に熱が入りすぎて殴り合いになるくらいだったと聞いたけど、それは昔のやり方であって、いまはそういう時代じゃない。もしかするといまでも、社内の人には「なんでこれわからないの？」なんて、僕と同じように不条理なことに対して怒ったりしていいるかもしれないけれど（笑）。

たとえば「これ、そっちに動かして」と言えば、目の前の状況が変わるかもしれないけれど、その人の成長にはつながらない。たとえば、佐藤卓さんは相手に「これってさ、どう思う？」と聞き、議論をしながら気づかせるのが上手だ。気づかせるには当然、相手に考えさせないといけなくて、二流の僕はそれができていない。

二流って、やっぱりまだまだ自分が大事なんです。二流は「現場」にいるから、自分のテンションが落ちるのが怖い。そして、ストレスを一刻も早く脱したいと思うから、怒ってしまう。

僕は、ほめるにしても怒るにしても、才能がない人に、何を言っても仕方ないと思っている。だから、才能がないと思う人には、正直にそれを言うようにしている。それで辞めてしまう人もいるけど、きっとそのほうが本人のため。そもそも、もっと向いている仕事もあるかもしれないのだから。

中には、才能がないと言われても、それでも頑張ろうとする人もいる。そうなると、僕はその人を救いたくなる。

配慮が伝わるような仕組みをつくる

ほめるのは苦手な僕だけど、会って感動した人、泊まって感激した旅館などには、必ず封書で手紙を送る。なぜかというと、ウチの店も、そういう手紙をもらった経験があるからだ。

売り場のスタッフのテンションを上げるのは難しい。断然効果があるのは、僕なんかがほめることではなくて、実際に接したお客さんからほめられること。スタッフみんなが、やっててよかったという気持ちになり、テンションもぐっと上がる。

お客さんから感謝の手紙をもらったとき、スタッフがどんなふうに喜んで、どんなふうな効果につながるのか、僕はよく知っている。スタッフ全員に回されるのはもちろん、バックヤードの壁にいつまでも貼られるのだ。

D&DEPARTMENTを応援してくれている人から、たまに僕宛てにも熱い思いが綴られた手紙が届く。そういう手紙をもらったら、僕はすぐに返事を出す。本当はきちんと手紙で返信をと思うのですが、そう言っているといつまでも送れなくなってしまうので、二流の僕はメールで。

昔は、どんなメールにも極力、自分で返すようにしていた。でも、最近はスケジュールの共有などもあるので、ほとんどは広報担当者に転送。本当は自分で返したいけれど、僕がやると、返事が遅くなったり忘れてしまったりとなり、責任がとれない。

なるべく失礼にならないように「僕はルーズなので、すみません。担当の◯◯からメールします」と、詫《わ》びながら担当をつけます。

最初の頃は、秘書がいること自体に喜びを感じていた気がする。さすがナガオカさんはちゃんとしているな、と思われたいという見栄があったかもしれない。でも、最近は、連絡をしてきてくれた人に、とにかく失礼がないようにという気持ちだけ。

一流の人には、たとえばひとつのプロジェクトのメンバーに対してなど、関わった人たちへの細やかな配慮がある。でも、忙しくて一人ひとりにお礼を言っている暇がないから、仕組み化する。たとえば秘書がお礼状を出すとか、そういう仕組みをつくるしかないのだ。

最近、僕はもらった名刺を47都道府県別のファイルに分けて、その土地に行くときには必ず、その県のファイルを持っていく。名刺は1ページに3枚入り、ファイルの前のほうから、重要な順に並んでいて、1年に1回、年賀状を出す前に順番を見直す。このファイルがあれば、もし僕がいなくても「あの人に◯◯送っておいて」と指示が出せる。これも仕組み化だ。

三流の人には、時間がある。その中でも意識の高い人は、きちんとお礼も言ってくるし、お礼状も一枚一枚書いて送ってくる。たぶん、そういう人は早々に二流になれると思う。

僕を「先生」と呼ぶ人は三流

よっぽどのことがないと、僕は人にメールを送るときに「◯◯様」とは書かない。ほとんどは「◯◯さん」か「◯◯さま」。「様」は、なんだか自分から、壁をつくっている感じがするから。

でも、相手から「ナガオカ様」と書いたメールが返ってきて、ああ「オレって、『様』なんだ……」と思ったり。

デザインコミッティーの中でも、僕が「先生」と呼ぶ人は限られている。そのように使い分けられるのは、いつもポジショニングを意識している二流らしい部分だと思う。

もちろん「先生」と呼ぶからには、尊敬していて、本当にそう思っているから使うのだけど、自分が使い分けることによって、「こいつ、わかっているな」と思われたいというのもある。

これは、すごく深い話。「先生」という言葉は、一瞬で、自分がその人をどう思っているかを周囲にわからせるのだから。


たまに「ナガオカ先生」と呼ばれることがある。主に役所の人だったりする。「先生」は、上下関係を一瞬ではっきりさせる便利な言葉だ。そう呼んでおけばお互いにとてもラクであり、僕自身が呼ばれるときでさえそう思う。

役所の人から「先生」と呼ばれるのは、慣習というか立場上仕方ないと思うし、嫌ではない。でも、もし最初から「ナガオカさん」と呼ばれたら、もう少し突っ込んで何か面白いことができるのになあ、とも思うのです。

そして問題なのは、僕のことを真剣に「先生」だと思って呼んでいる場合だ。もちろん、学校とか、会社、事務所内での特別な師弟関係があるならわかる。でも、先生じゃない人を先生と呼ぶことはそもそもラクしてるだけ。そういう「先生の使い方を知らない人」を僕は軽蔑《けいべつ》する。僕みたいな二流を「先生」と呼ぶ人は、三流以下だ。

講演に行くと、みんなから「ナガオカ先生」と呼ばれることがある。百歩譲って、講演の最中は、たしかに教える側と教わる側だからいい。でも懇親会ではダメ。なんとなく、僕のことを「先生」と呼んでいる人を見ると、何も考えていないないなと思う。

「先生」と呼んでいいのは、学校の先生とか専門分野の中で評価される、尊敬に値する人だけ。その意味をわかって使わなければダメで、やみくもに人に対して使っていい言葉ではない。

そもそも、一流と三流の間にいる以上、二流が「先生」と呼ばれるのはマズイ。二流は、一流と三流の橋渡しであり、一流の人の通訳をする係だ。クラスにたとえるなら、一流が先生、三流が生徒だとしたら、二流は学級委員みたいなポジション。一流でもないのに、「先生」と呼ばれて気持ちよくなっているとしたら、本人も危険だ。

僕は意識して「呼ばれないオーラ」を発しているから、役所とか講演以外で「先生」と呼ばれることはあまりない。もうひとつ、僕が「先生」と呼ばれない理由。それは、プロフィールにわかりやすい代表作がないから。

たとえば、武蔵野美術大学の客員教授になるときの条件に、国際的な活動をしているというのがあった。僕は、大学も出ていないし、英語も話せない。もちろん、原さんのように海外のグラフィックデザインの賞をとってもいない。

僕にはそういうものが一切ないから、「先生」と呼ばれないし、そう呼ぶ人は間違っている。これは、謙遜《けんそん》でも開き直りでもなく厳然たる事実です。

昔は、デザイナーが「先生」と呼ばれることを嫌がらなかった。だって、そのほうがデザイン料が高くなるから。デザイナーは自分の付加価値をどうつけるかが勝負。だから、都内の一等地にかっこいい事務所をつくって、クライアントに対して「オレは高いんだぞ」とアピールする。建築業界には「打ち合わせ用のテーブルが大きいとギャラが高い」なんて話もあったくらい。

でも、そういう昔の方法論にはみんな疲れてしまった。最近、浅草など東京の東側に事務所を移すデザイナーも多い。「気取った場所にこだわるのとか、もういいよね」とみんなが気づきはじめたのだろう。

第4章　だから、二流でいこう。

ポジティブな「板挟み」

中流、二代目、中間管理職……。この本で言う「二流的存在」、つまり中間地点に立つものは、必ず板挟みとなる。

おそらくここまでの何十年かの間に、板挟みになっている人たちのパワーが、だんだん弱まってきている気がする。僕らの上の世代の写真家、デザイナー、映画監督など、クリエイターは、企業と生活者の間に挟まれて、上からは蹴られ、下からは突き上げられ、相当な板挟みの中で、すごい作品をつくってきた。

でもいまは、そういう板挟みが少ない時代。だから挟まれているほうも、自分の役目がないんじゃないかと勘違いするし、意識や生命力も弱まる。本当は、時代と時代をつなぐ重要な役割のはずなのに。

僕が生まれた1965年あたりでは、まだ、作り手と買い手の双方に本質的な高みを目指す意識があった。そして、デザイナーは、企業と生活者の間にいた。

いまは、作り手（メーカー）も買い手（生活者）も売り場も、みんなその意識が低い。

たとえば「オープンプライス」は、作り手が価格を放棄し、売り場に投げてしまった状態だし、売り場が作り手の思いを買い手に伝えることを放棄するから、ゴミが増える。

僕がD&DEPARTMENTをつくったのは、売り場という真ん中で板挟みされるところに飛び込んでいくことで、作り手や買い手の意識を変えたかったからだ。

ここ数年で、モノに幸せを託すなんてきれいごとで、それよりも夕日を見て感動するほうがよっぽど大切だということに、みんなが気づきはじめた。都会から田舎へ出ていく人は増え、モノはだんだん売れなくなる。

そうなることは予測できていたから、2009年、僕たちは『d design travel』を創刊した。モノへ向かうのではなく、形のないものにお金を払うようになる。だから、D&DEPARTMENTはいま、勉強会や旅行にシフトしようとしている。

もうひとつ、僕らがトラベル誌をつくった理由は、とにかく現場に行ってほしいから。この本でもすでに、ネットで調べたイメージとか情報で知った気になって、それをベースに物事を考えるのは危険だと書いたように。

トラベル誌についての講演があると、よくこんなことを話します。

「僕は実際に、2カ月間その土地に住んで、雑誌をつくります」

これを、とにかく、くどくどと言う。ようは僕もやっています、だからあなたたちも現場に行ってくださいね、ということ。

ツイッターとかフェイスブックで、旅行先でこんなものを食べたといった情報をどんどんあげているのも、その様子を「ライブ中継」したいから。僕がそういう体験をした結果として、トラベル誌が生まれているというのを伝えたい。

もちろん雑誌は売れたほうがいいけど「ライブ中継でおなかいっぱいになったらデザートで雑誌を買ってね」くらいの感覚です。こだわっているのは、トラベル誌の精度を上げることより、実際に行っているというライブ感を伝えていけるかということ。そして、ああ、自分も同じ体験をしたいと思ってもらいたい。

考えてみれば、『d design travel』も、地元の人と、そこに住んでない人の間に立つ存在だ。そして、これまでなかった、デザイン好きな若者、旅行者と現場の作り手をつないでいる。それは板挟みであり、つまり二流。

よく、「こんなに編集長が出ているトラベル誌ってないよね」と言われるように、『d

design travel』は、まさに主観のかたまり。僕らが本当に紹介したいところだけを掲載しているから、普通のガイドブックなら当たり前の場所が載っていないことも普通にある。でも、それが意識を持つということだと思う。

板挟みされるのは苦しいけど、そのぶん、自分も両サイドも、伸びる。板挟みされている真ん中が意識を持つことで、挟んでいる側の意識は必ず変わる。売り場が買い手と作り手の、トラベル誌が若者と現場の作り手の意識を変えるように。イメージを変えましょう。「板挟み」の意味を、もっとポジティブに。

「つなぐ」こと、「翻訳」すること

２０１２年に、金沢市の21世紀美術館で開催された生活工芸プロジェクトに、D&DEPARTMENTとナガオカケンメイとして、出展をした。

テーマは「繋ぐ力」。企画者からすると、僕らはつないでいるように見えたということになる。ほかにも最近、時代と時代をつなぐとか、世代と世代をつなぐとか、そんな取材を受けることが多い。

たしかに、僕は40代の中年として、若い人と50代以上をつないでいる意識があるし、60VISIONにしても、ひとつの商品を復刻することで、創業者と三代目をつないでいる。

60VISIONをやっていて思ったのは、いまの自分たちの世代は「つなぐ」存在として重要だなということ。「つなぐ」のは、板挟みの真ん中にいる者の役割だ。

それに気づいている人が周りに何人かいて、それが全員1960年代生まれ。この話を、デザイナーの柴田文江《しばたふみえ》さんにしたら、「世直し世代」と言っていた。自分でデザインをするよりも、状況を整理整頓して次の世代につなぐ、デザインがしやすい環境をいかにつくるかを考える、と。いま、みんながそういうことをやりはじめている。

こんなことを考えるようになったのは、やっぱり、自分が売り場を持ったからだ。

昔は、生活者にもある程度高い意識があって、デザイナーがやんちゃなことをしても、わりとほのぼのと受け止めてくれていたと思う。そんな時代にデザイナーは、スターだった。一般的に、ファッションデザイナーのことをそう呼んでいたと思うけど、森英恵《もりはなえ》さんや三宅一生さんのことは誰でも知っていたように。でもいまでは、そんな国民的デザ

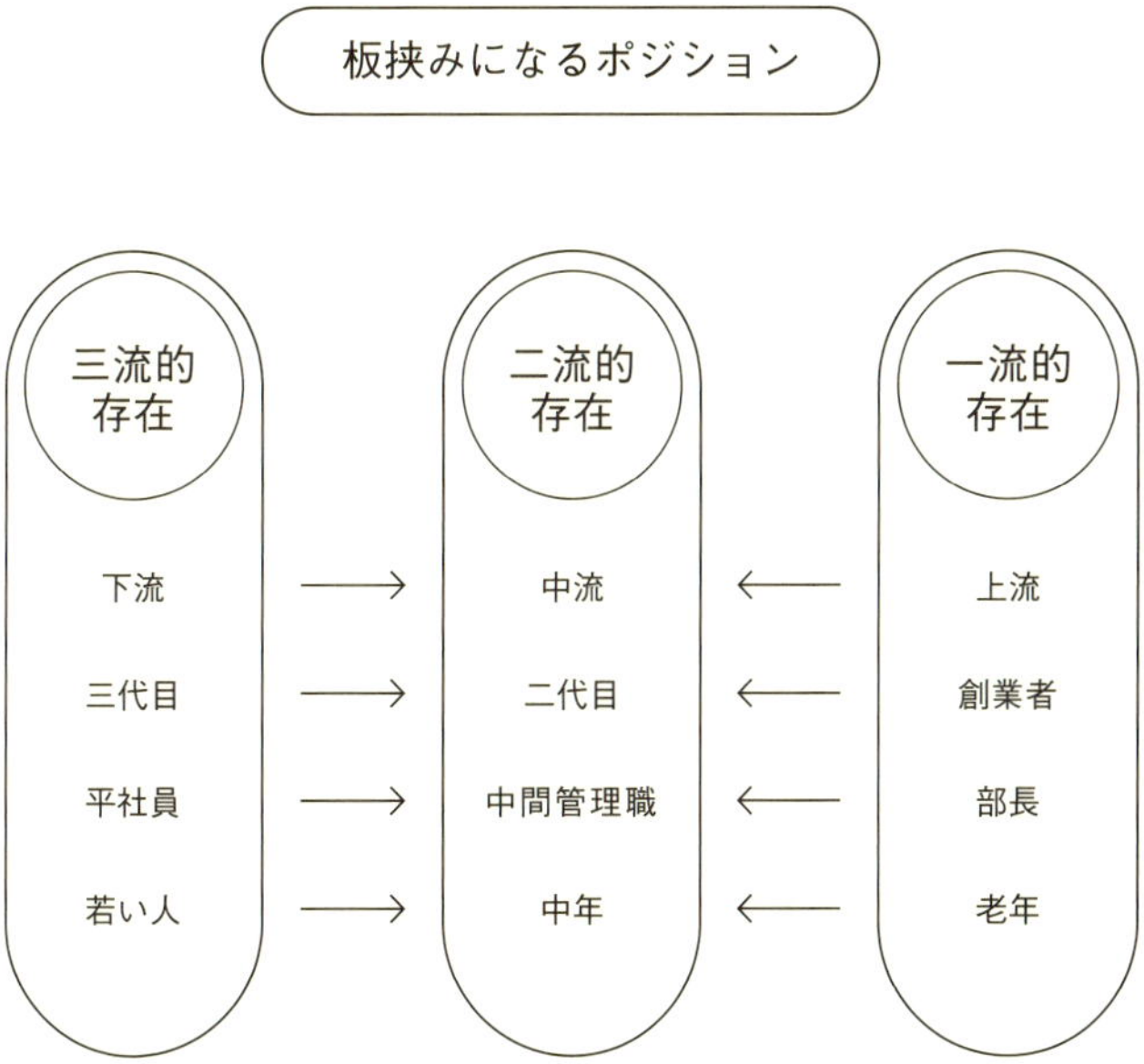
板挟みになるポジション
三流的存在
二流的存在
一流的存在
下流
中流
上流
三代目
二代目
創業者
平社員
中間管理職
部長
若い人
中年
老年

「つなぐ」

イナーはいない。

あの時代、こういう一流に憧れている人たちがいたから、なんとなく底が上がっていたのだ。そのうちデザイナーが暴走しすぎ、生活者は取り残されてしまった。そのとき僕はデザイナー側にいて、理解していない生活者を「ダサイ」と思っていたし、業界の人は、「あんたたちにはわかんないから」と乱暴に走っていたのだ。


そしてあるとき振り返ったら、生活者の意識は貧弱になり、文化も向上心もなくなり、その結果「デザインのようでデザインじゃない生活用品」が生み出される。たとえば、ホームセンターで売っているような品。一方、そうなっても、暴走して高い山に登ったデザイナーは下に降りてはこない。

そんな状況の中で、デザイン業界の中で大声を出していても仕方ない。僕は、生活者でもなく、デザイナーでもないところに立って「翻訳」しなければ、と思った。

そして、気づいたら、それが売り場だった。

デザイナーが売り場を持つというのは、一流から二流に下がるようなもの。実際には僕はまだ三流だったわけだけど、デザイナーは上、売り場は下みたいな意識がデザイン業界にはびこっていたのは間違いなかった。

業界の反応はやはり「ナガオカは終わったな」とか「ショップなんかつくって商売に走っちゃって」とか。それまでは、自分のつくったロゴマークやポスターがデザイン誌に載り、それなりにデザイナーとしてやっていけるかも、と評価されていたのに……。

「情熱大陸」に出演したときに、「自分の親父、おふくろが、一番デザインを理解してほしい層だ」という話をした。

旧態依然としたデザイナーや、ものづくりへの意識が低いデザイナーは、基本的に、生活者はデザインなんてわかっていないと思っている。そこを意識改革しない限り、全体の底上げにはならない。専門的な人たちだけが、トンガリ続けてもダメなのだ。だからそれを伝えたい僕は「翻訳者」になろうと決めた。覚悟があった。

ちょうどいい距離感と、高い意識

浅草の「アミューズミュージアム」で、石黒謙吾さんとトークイベントをやった。

このイベントは面白く、トークショーの本番前に1時間半も「放置タイム」がある。

食べ物はビュッフェスタイルで、まずくもなくおいしくもなく。飲み放題、といってもビールとジュースと、あとワインなど数種類。

寄席みたいな小さなステージに、畳の客席にちゃぶ台が15卓くらい。最初は超居心地が悪いけど、ゲストもホストも一緒に飲むから、なんだか自然に盛り上がって、お腹も満ちて酔っぱらう。浅草っていう、ちょっと都心から離れた場所もいい。

で、いい感じになったところで本番。ステージと客席の段差はわずか30センチくらいしかないし、観客側に変な一体感があるから、何を言ってもウケるし盛り上がる。もう、全員友だちになってしまおうかというくらい。

僕はこのイベントを3回経験して、これは発明だと思った。

『d design travel』で取材した場所を回る「ぐるぐる」というツアーをしていて、参加者が何人くらいだったら僕の話を聞いてくれるのか、という議論になったことがある。本当は、一緒に車に乗れる2～5人くらいがいいけど、それじゃああまりに少なすぎる。

ちなみに、友だち同士数人で参加すると、そこだけで話してしまうので、なるべくひとりで参加してもらう。何度かやってみると、30人くらいだったらコミュニケーションがとれる、ここまでならいい感じだ。

こういう心地よい距離感というのは、ショップにもある。D&DEPARTMENT 東京店の売り場は約150坪。僕は、ショップはこれくらいの大きさがちょうどいいと思う。200坪を超えると、店長なりディレクターの顔が見えなくなってしまうし、頻繁にレイアウト変更をするのも難しくなる。とはいえショップなので、モノを売らなければいけないから、狭すぎると売りたいものが置けなくなってしまって、採算が取れない。

いま家具業界では、大型の店がどんどんつぶれている。大型ショップは、ビックカメラなどの家電量販店と同じように、結局は価格競争になるので、メーカーはそこでは売りたくない。買う側も、もっとデザインに対する意識のある選者、セレクトする人の意識がちゃんと伝わってくるところで買いたいと思うのだろう。

新しくできた代官山の蔦屋《つたや》書店を、みんなが画期的だという理由をずっと考えていて、その理由も、距離感と意識にあるのではないかと思った。

それぞれのスペースは、狭くも広くもなく、なんとなく目の届くサイズで、コンシェルジュがいて、本も音楽もＤＶＤもきちんとセレクトされている。とにかくこれだけ揃えました！　という超巨大書店と、小さな街の本屋さんの中間。あそこに行ったら、なんか文化度が上がりそうな匂いというか。

ちょうどいい距離感と、セレクトへの高い意識が、いまの時代に求められているのは、たぶんこういうことだと思う。これもつまりは中間の意識。二流の心地よさと根っこではつながっていると感じます。

一流は一流の下からしか生まれない

一流は一流の下からしか生まれない、そう思います。

たとえばいま、この原稿を書いている僕の事務所で、いいデザインをしろというのは無理。デザインは、かっこつけるところからはじまる。環境に大きな影響を受けるというところがあるから、かっこよくない部屋からは、いいデザインは生まれない。

一流も、それとちょっと似ている気がする（僕がどんな部屋で原稿を書いているのかは、メルマガ「ナガオカケンメイのメール」でも紹介しているので、そちらをどうぞ）。

一流のジャッジや、一流のこだわりを、口で教えるのはなかなか難しい。原さんのところでは、郵便物の封の仕方ひとつにも決まりがあったし、切手の種類にさえも決まりがあった。そういう細かいことは、横にいて時間をかけて、ひとつひとつ身につけていくしかない。

歌舞伎をはじめ伝統芸能が世襲制なのは、「育ち」という、教育カリキュラムにしづらいものを、日々学んでいるからだと思う。歌舞伎専門学校をつくって、入学して3年くらいで一流をつくるというのは無理なのだ。

最近はそうではないけれど、昔、D&DEPARTMENTでは、カフェの料理人がどんどん辞めていく時期があった。

すぐ辞めるには、辞めるなりの理由がある。たとえば、これが一流の三ツ星レストランだったら、料理人は、シェフのテクニックや意識、考え方、判断……そういうパッと身につかない部分を、辛抱強く学ぶために長く働くと思う。

でもカフェだと、何十年働いても何の実績にもならない。時給を稼ぐ以外の意味が見いだせないから、バイト的な働き方をする人の、その場しのぎになる。つまり、ウチには、そういう人たちをつなぎとめる環境がないのだ。

僕は最初のうち、すぐに辞めやがって！　と腹を立てたり、なんで辞めてしまうんだろうと疑問に思っていたけれど、原因はオーナーや店の側にあるのだ。それがわかると、いいカフェになっていくと思う。

高校生や大学生が、バイトを長く続ける理由の半分以上は、楽しいからだ。仲のいい友だちもできたし、居心地もいい。バイトを辞めないのは、現場になにかしら「ずっといたい環境や理由」がある。

三ツ星レストランの話のように、一流を目指す人にとっては、その仕事がキャリアとしてカウントできるかというのが重要だ。一流を目指す人は、一流に値する現場しか踏まない。会社がよくなるには、社員のテンションをいかにつくれるかにかかっている。

たとえば、転職をするときには必ず、あそこの会社を出た人ってこうだよねとか、あそこの会社にいたんだから、たぶんこんなことができるはずだよね、といったところを見て判断される。

もしD&DEPARTMENTで働いていたら、ロングライフデザインの目利きができるはずだとか、リサイクルや修理のネットワークをつくれるはずだとか、伝統工芸や地場の職人とつながっているはずだ、というように。

でもいま、ウチの会社を出た人が、こういうスキルを持っているか、というと、まだそこまでは行っていない。D&DEPARTMENTが成長していくためには、スキルを継承できるような構造に変えていかないといけない。そして、上のポジションにいる人たちが、そういうことを考えるだけでも、たぶん、少し変わる。

二流のままでやる、二流に徹する

永井一正先生が10年、原さんが10年、それぞれ務めてきた長崎新聞広告賞の審査委員長を、2011年から引き継いだ。

日本デザインコミッティーに入れてもらい、今度は長崎新聞広告賞の審査委員長。図式としては一流になったかもしれないけど、僕は一流の仲間入りをしたとは、1ミリも思っていない。

二流の僕がなぜポコッと審査委員長になれたのか。それはもちろん、原さんが推薦してくれたからだ。でも、原さんだって「ナガオカは一流だ」なんて思ってはいなくて、よくて「もしかしたら一流になるかも」くらいのはず。僕は「無理かもしれないけどやらせてみよう」というふうだったのだろうと感じている。

この審査のために、毎年1泊2日で長崎に行くのだけど、つらすぎて、いつもその時期にギックリ腰をやってしまう（笑）。なにより、プレッシャーがすごいのだ。

審査委員長の主な役割は、こういう方針でいこうと、審査の方向性を決めること。審査会場には、県庁の人や県立美術館館長など、全員50代以上、地元のそうそうたる人たちが集まっている。

わずか10人くらいしかいないのに、きちんと司会の人までいて、「これから、長崎新聞広告賞の審査を行います」という言葉から審査会ははじまる。二流の僕からすれば、ほとんど「儀式」みたいなイメージ。

初めてその場に立ったときには、一流って、こういうことができないといけないのか、という驚きがあった。まず最初に「では、審査委員長からごあいさつを」と言われ、次に「審査の方向性を」となる。

一流はできて当たり前かもしれないが、二流の僕はやったこともないから、急にこう振られれば、おろおろする。でも、肝を据えて、慣れているようなフリをして話しはじめる。心の中で「一流って大変だな〜」と思いながら。


なぜ、ギックリ腰になるほどつらい思いをしてまで、審査委員長をやるのか。それは、一流から「ここに座れ」と言われたから。二流は一流に「耐えろ」と言われたら「ハイ」と返すしかない。そして座った以上、文句は言えない。

ここで僕がどうするかと言えば、二流に徹するしかない。二流のままでやる。「いやいや僕なんかが……」と言ってしまうのは、二流の下。それを言わないで、無理だと思いながらも歯をくいしばってやるのが、二流の上だ。

なぜなら僕は、三流も含めた平民代表として、ここに立っている。もしここで失敗したら、これから二流に上がってくる人、二流の下や中で一流を目指している人が、こういう場に呼ばれなくなってしまう。

任務は、一流の顔をいかにできるか。僕は一流を目指していないから、気持ちは二流のままで、仮面をかぶって一流を演じる。そう、「役割」みたいなものだ。「二流の上」になると一流扱いというものが降り注がれる。そこでどう考えるか。

永井先生と原さんからの遺言（笑）だから、おそらくほかの審査員の人たちも「ナガオカは一流って感じじゃないけど、まあしょうがねえな」と感じていると思う。実際には、そんなことは言われていないし、思ってもいないかもしれないけど、二流の僕は被虐的なのか（笑）、そういう発想をしてしまう。

同席した人たちに、心の中で「すみません、すみません、すみません……」と1000回くらい謝りながら、でも、僕はそれを外には出さずにやる。

「個人的自分」と「社会的自分」を半々に

僕は文章のプロではないけど、文章を書くのが大好きだ。文法も句読点の位置もむちゃくちゃだし、テクニックもありません。自分の気持ちを正直に伝えようと思っているだけで、そもそもうまい原稿を書こうとも思っていない。それでいいんだということは全部、編集者である石黒謙吾さんに教わった。

僕と一緒に『d design travel』の原稿を書いている、副編集長の空閑《くが》。取材の話を聞くととても面白いので、そのとおりに書いてよと言って、できた原稿を読んでみるとつまらない。

そこで、僕はまず、取材先で感動したポイントを3つ、それぞれ30文字くらいにまとめたメールをもらうことにした。まず、その3つをチェックして、OKだったら原稿を書く。で、原稿が書けたら、それが600文字の中で表現できているか、もう一度確認する。「これ書いてないじゃん！」というのがあったらやり直し。

空閑の原稿がつまらない理由のひとつは、うまい原稿を書こうと思っているから。もうひとつは、テーマを与えられているからだと思う。

彼がフェイスブックで書いている文章は面白い。それは、ただ自分の書きたいものを書けばいいからだ。でも、全国で売るトラベル誌の原稿は、そういうわけにはいかない。社会で起こった現象を、そのエリアの問題意識を、まったく関係のないほかの県に住む人に伝えらなければならないのだ。

彼はいま、それと格闘している。

そして、これって、きっと三流と二流の違いのような気がする。

三流は自由だから、好きなタイミングで、自分が感じたことをポンポン吐き出していけばいい。まさに、フェイスブックのコメントのような感じ。

二流になると、「こういうテーマで原稿をお願いします」みたいなことが増えてくる。三流のときに、自分の感想だけ書くのは幼稚だという体験をしているから、ある程度の社会性を織り交ぜたいと思いはじめる。一流の人みたいに書きたい、と。

そして一流は、自分のことはなくて、自然に社会のことに絞り込まれていく。

三流は自分、二流は自分と社会、一流は社会。

僕がいつも気をつけているのは、この個人的自分と社会的自分、その視点を半分ずつ持つことだ。個人的自分とは、いままでの経験や人生。社会的自分とは、たとえば日本のデザインのあり方とか、地場産業の問題とか、何らかのテーマという足場に立った自分。言い方を変えれば、プロフィール＋テーマ。私はこういう人です、で、こういうことを提言しますというように。

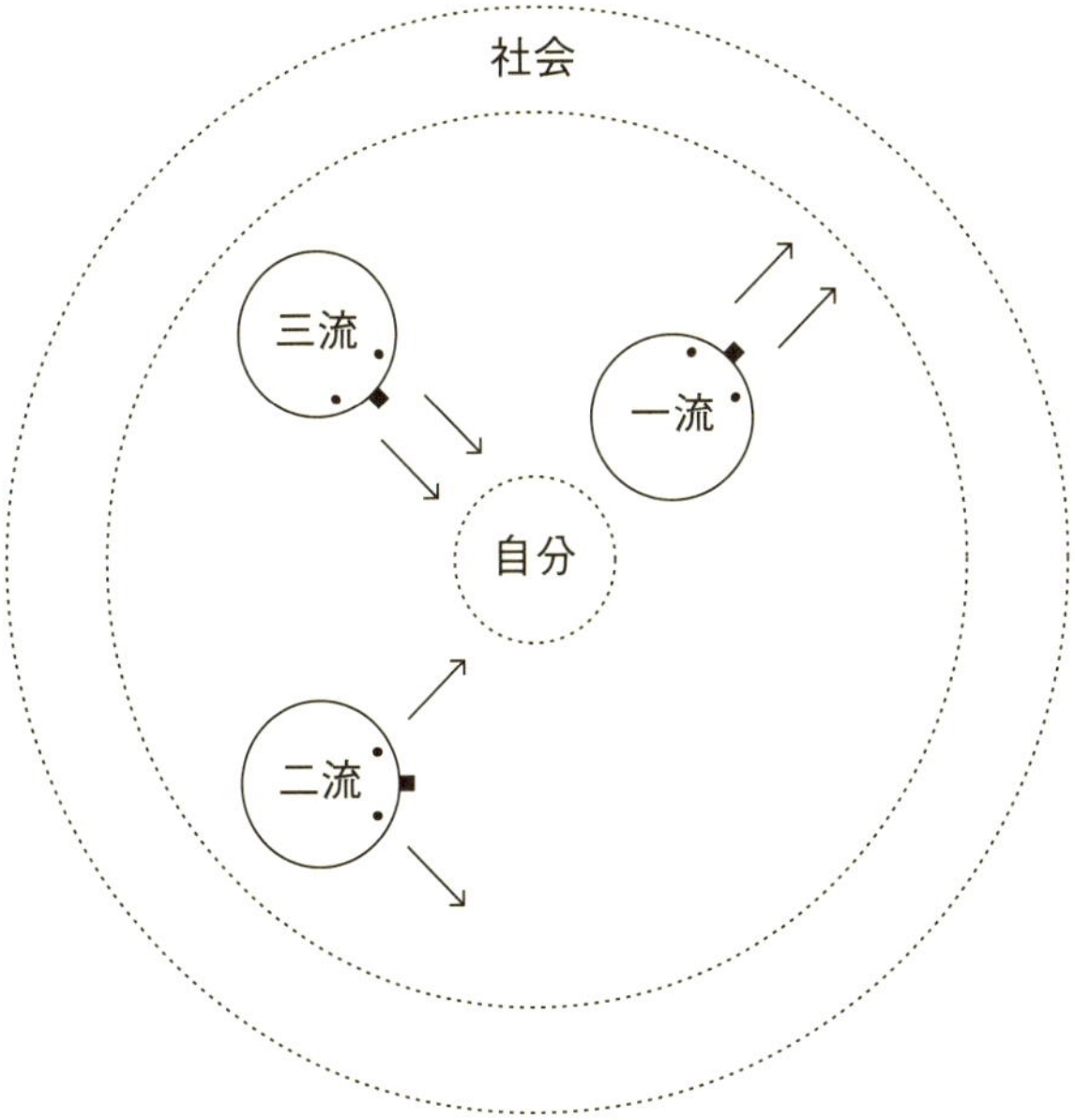
社会
三流
一流
自分
二流

長崎新聞広告賞の審査委員長をしていたときも、そう思った。「オレこういうの好き」で決めるのは三流。二流以上は「いまの新聞広告の社会状況を見ると、シリーズ広告っていうのはその特性を活かして……」みたいなことを織り交ぜて、結果的にこういう広告いいよね、というところに落とせるかどうか。D&DEPARTMENTで扱う商品を選ぶときもこれと同じだ。空閑が悩んでいるように、それって、なかなか難しい。

会社を自分のものじゃないと思えるかどうか

あるとき酔った勢いで、ツイッターで「あいつのこと嫌い」とつぶやいたことがある。すると、ある人から「それを社会的に説明しろ。説明できないのに悪口を言うのは三流だ」というようなことを返された。ここでも、また「社会的」という言葉。ほかにも、ツイッターで「あなたみたいに影響力がある人が、こんなことを言っていいのか」と言われることもよくある。

最初は、何をつぶやこうがオレの勝手じゃないかと、「うるせー」なんて返していた。でも、くそ〜と思いながらしばらくずっと考えていて、たしかに三流だなという結論に達する。それに気づくのに2カ月かかった。

ツイッターで、無邪気につぶやけるのは三流だ。二流はそこそこ影響力があるから、そういうわけにはいかない。そして、一流に上がれるのは、影響力があって、社会を正していける人。二流は、そこまでわからないから右往左往している。

二流になるということは、三流の人たちの「価値判断システム」に組み込まれることでもある。三流は一流言語は理解できないから、二流の言葉をとらえざるをえない。そして、あの人が言っているんだから間違いないと判断する。二流の僕が、一流の坂本龍一さんが言っているんだからデモに参加してみようかなと思うように。

社会と個人、そして影響力。この話は、なんだか会社の経営と似ている。

僕は、D&DEPARTMENTをつくって5年、10年は、会社もお店も自分のものだと思っていた。いまでもたまに、そう〝錯覚〟することがある。

自分で借金して苦労して起ち上げたんだからオレのものだろう、と。売り場からモノを持ってって何が悪いの？　と（もちろん実際にやってはいませんが）。

会社を自分だけのものだと思っていると、社員はまったく成長しない。何をやっても、みんなあの人の手柄になると思ったら、働いていても面白くないから。

いい会社というのは、みんながそこを自分のものだと思っている会社、みんなで社会的な価値を創造している会社だ。

社長が会社を自分のものじゃないと思えると、上も下も働くことが楽しくなる。

ナガオカケンメイは二流でいいけど、会社は一流がいい

僕は、2009年に、D&DEPARTMENTの社長を、ずっと若い相馬《あいま》に譲り、会長になった。

いい人材が育つかどうかは別として、いざというとき困難を乗り切るという意味においては、家族経営のほうが強いかもしれない。「お父さんがそう言うならいいよ」みたいに、自宅の食卓でご飯を食べながら物事を決められたほうが。

それでも、僕が会社を家族以外に譲ることにしたのは、D&DEPARTMENTをこれ以上「ナガオカ商店」にしたくなかったから。家族経営では会社は伸びづらい。誰でも社長になれるチャンスを、創業者がつくらないといけないと思ったからだ。

僕が社長でいると、どうしても会社の事業を、僕の好き嫌いだけで判断してしまう。

それは働いている人間も同じで、何をするにも「それはナガオカさんに言ってください」としかならなくて、ニュートラルな価値や判断が欠落していく。

僕は、社長になった相馬に、いつも「社会的なお店になれ」と伝えている。そして、彼は社長になるとすぐに、面白いけど市場性のない事業や、僕の好みだけでつくった事業、ナガオカが動かないと成立しない事業を、見事にすぱっと切った。

たとえば、D&DEPARTMENT各店で開催されるイベントの様子や商品開発の現場など、ショップの日常を映像で配信する「d&TV」、世界的に活躍するクリエイターの声を収録したCDレーベル「VISION'D VOICE」……など。

社長としてこういう判断をしているのは、僕はいいことだと思っている。

23歳のとき、新卒でD&DEPARTMENTに入った相馬は、3年ほど大阪店にいて、東京店に移り、それから数年で社長になった。彼は、いい大学を出ていて、頭も優秀。ここにも、きっと僕の学歴コンプレックスが反映されている。

建築事務所なんかでも、学歴のない経営者は学歴のある人を採用し、逆に学歴のある経営者は学歴のない人を採用する。ないものねだりというか、きっと自分が持っていいない力に期待をするのだと思う。

相馬には、面白いアイデアを出したい、生んでみたいという好奇心というか、気配を感じた。また、忙しいトップクリエイターの会議はテーブルの上ですべてが決まるように、その場でアイデアを出す、という部分もあった。

なによりマジメで、ちゃんとしている。両親が揃ってお店でのイベントに参加してくれたこともある。そんなところも、僕が彼を社長に選んだ理由だと思う。

デザイナーに一流・二流・三流があるように、経営者にもそれはある。面白くて売り上げもある、そして社会的な会社にするには、経済や社会はもちろん、売り上げや原価率など数字的なことも理解しなくてはいけない。それら全部を広く捉えたうえで、ほかの会社のトップと対話をしながら、団体行動していく。

僕は自己表現として会社をつくることはできても、基礎学力的にも、マインド的にも、一流の経営者にはなれない。きっと僕が社長をしていると、なんか楽しそうだけど、給料がぜんぜん少ないとか、たぶんそんな会社ができあがる。

血のつながっていない他人に経営を委ねたのだからこそ、僕が「そんなことをやるんだ」と驚くようなこと、予想もしないことをやってほしい。そして、それでつぶれたら仕方ない（笑）。そんな覚悟があるからこそ、こうも思う。

ナガオカケンメイは二流でいいけど、会社はやっぱり一流がいい。

死んだあとのナガオカケンメイを考える

自分では計算高いぜと思うこともあるけど、僕が動いているのはほとんど勘だ。計算高いことに憧れているのに、ぜんぜんできていない。D&DEPARTMENTの事業にしても、愛とか夢がほとんどで、あとは経験と勘。というか、それしかない。

僕の妻であり、D&DEPARTMENTの広報である松添《まつぞえ》からも、よくあきれられる。彼女には「夢だけ語ってても仕方ないから、もっと前に進みましょう」という気持ちがある。社長の相馬もそうだ。

とはいえ、まったく夢がないのもつらいから、夢が3分の1、現実が3分の2くらいが、ちょうどいい。僕が相馬や松添に頼っているのは、そういうバランスをとれるところだ。

また、僕が松添に求めていることとして、翻訳者としての役割もある。トラベル誌をつくるようになってから、とくに行政や大人と付き合うことが増えたが、僕はそういう人に、自分がやっていることをうまく説明できない（笑）。それを、数字とか言葉を使って、上手に説明してくれるのが彼女なのだ。

ちなみに、ナガオカ家が別姓なのは、いつでも離婚ができるように（笑）。その延長線上に、働き方への意識もある。

昔、経理をしている社員から、税務上は社長が高い給料をもらって、奥さんの給料は少なくしたほうがいい、とアドバイスされたことがある。でも僕は、彼女はそういう意識で働いていないから、きちんと給料を払いたいと言った。

昔、会社の後継者や番頭は、社長のところに住み込みで働いていた。彼らにいきなり社長と同じようになれ、というのは無理な話。ものすごい細かいこだわりを伝えるのに、住み込みは一番効率がいいんだと思う。

僕は、このシステムがすごく好きだ。さすがにいまは、住み込みができるような時代ではないけど、夫婦だったらそれが超効率的に可能（笑）。

一流のファッションデザイナーにはゲイの人が多くて、パートナーが後継者になることも多い。きっと愛がありながら一緒に住み続けられる関係じゃないと、伝えられないものがあるんだと思う。まあ、僕の場合は二流ですが二流なりのこだわりをと。

相馬にしろ、松添にしろ、僕にとってその存在は「死んだあとのナガオカ」だ。そして「トラベル誌の相馬や松添」にあたるのは、副編集長の空閑。彼は本当にものすごく記憶力がいい。だから、トークショーがあるときには必ず横についてサポートしてもらう。こんな感じで書くと、いったいナガオカはふだん何をしているんだ、と言われそうですね（笑）。

いまは一流が増えない時代

一昔前は、立派なものをつくっていたり、立派な経歴がないと、物事が進まなかった。学歴とか経歴とか実績、そういうもので書類が通る時代。仕事の対価ならば、ロゴマークをつくるだけで何千万、下手をしたら1億とか……。どの世界も、一流の誰々先生にやってもらったという「有名力」で経済は回っていたのだ。

そしていまは、メディアなどによってつくられた人工的な一流も多い。とくに代理店に守られているようなデザイナーを見ると、そう思う。

本当の一流とは、たとえば、レストランをやっていて、ある朝スタッフ全員がいなくなっても、料理も出せるし接客もできる、そういう人だ。

やっぱり昔の一流は、きちんと現場を持っていたんだと思う。パソコンとかネットもないから、現場へ何度も足を運び、自分の手で形をつくる。ヤクルトの容器をデザインした、日本を代表するインテリアデザイナーの剣持勇《けんもちいさむ》さんにいたっては、ヤクルトのおばちゃんの持っているカゴから、容器をつくる工場のラインまでのデザインをやったのだ。つまりは、現場の人たちがどういう苦労をするかを考えてのデザイン。

それと同じように、二流も現場を持っている。

日本デザインコミッティーに入った一番最初に、メンバーみんながいる前で「いったいなぜ、僕はみんなの推薦を獲得できたのでしょうか」と聞いたことがある。その答えは「自分の売り場を持って、実践しているから」というものだった。

いまのデザイナーは、机の前のパソコンをいじって、せいぜい素材を選ぶくらいで、現場のリアリティを体感していない。権威づけして、一流っぽくなっている。そういう人工的な一流が恐怖に思っているのは、やっぱり現場を持っている二流だ。

「有名力」の時代から移り、いまは「先生」と呼ばなくてもいい二流、が求められていると強く思う。一流には頼めないから二流に、一流ってめんどくさそうだから二流に仕事を頼む。

決済する世代も若返っているし、スピード感も増しているから、先生的な流儀を踏むのではなく、メールやフェイスブック、ツイッターでちゃっちゃとコミュニケーションがとれるのも大事。それ以前に、ムダなお金は使えないから、旅費は自腹、手弁当で来てくれるくらいフットワークが軽い人がいい。

願わくば、一流の下で学んだ二流。僕が、原さんのところのナガオカと言われるように、一流の流儀や価値観を、その横で学んだ二流の人に頼めば、スピードもコストも浮く。それで仕事がなくなっている、一流の人たちもいる。

いまは一流が求められていない時代、スターが生まれにくい時代。これは、デザイン業界や建築業界に限らず、ファッション業界や芸能界も、全部そうだ。

一流はもはや憧れの存在ではなくなっている。

二流がいないと全体がしぼんでいく

この本も最後になったところで、二流らしく自分周りの話からこれからについて思いを巡らせることで締めたいと思います。

『d design travel』をつくっていて気づいたのは、北海道、山口、鹿児島、沖縄など、先端かもしくは島は、文化が異常に育つということ。

北海道と沖縄については語る必要もないだろうし、たとえば山口は、かつては長州藩として、幕末から明治にかけて有名な政治家を何人も輩出した。同じように、鹿児島（薩摩）もそうで、どこかに「日本を変えてやる」みたいな維新の意識を感じる。

そういう心意気は、はしっこの一流と三流にある。逆に二流は、板挟みされる内陸で、一流と三流と地続き。三流から、二流を蹴って、一流に行く、通過点にあたる。

二流が通過点の意識を持つことができず、三流から一流への橋渡しができないとしたら、当然、全体がしぼんでいく。

二流にはスポットライトが当たらない。これは、中学2年生と高校2年生に似ている。真ん中に挟まれた2年生には、1年生と3年生ほどの華々しさはない。どうしても流してしまうし、軽視しがちだけど、2年生のときに何を得ることができるかで、実は3年生での成長度合いが決まる、みたいな。


僕らみたいな売り場とかカフェも、やっぱりオレたちは二流で、一流を目指していると言わない限り、いい人材は入ってこない。デザイン会社だってそう。

最近、D&DEPARTMENTは、社員が辞めなくなった。それは、トラベル誌をはじめたり、畑を持ったりと、僕たちの活動がただ給料がもらえる「仕事」から「活動」へと変わってきたからだと思う。すると、とたんにみんな日々やっていることが面白くなる。

はた目には、すごく面白そうに見える有名ブランドを持つ会社でも、中身の組織はごく平凡な一流の大企業、というケースはよくある。社員の個性に依存してなくて、社員は歯車。いくら次々と辞めていっても換えがきく。入れればいいのだから。

反対に、D&DEPARTMENTは、理想論だけはあるけど、働き方はぐちゃぐちゃな二流。

でも会社があっちに向かっているということだけは明確に示しているから、みんな面白がって働く。社員が歯車になっていないということは、ひとり辞めただけで本当に大変ということでもあるのですが（笑）。

前述したように、二流の役割でもっとも重要なのは、個人的なことと社会的なことをいかに両立できるか。ビジネス的な側面からしても、文化的な側面からしても、二流の意識がしっかりしていないと、産業も文化も底上げされることはない。そして僕のそんな考えは、D&DEPARTMENTのメンバーにも染み込んでいるはず。

真ん中に立つのは、中間管理職であり、中年であり、売り場である。僕はそういう「二流の意識が日本を変える」と真剣に思っている。二流だから、そんなに偉そうなことを言える立場ではないけど、そう思ってずっと二流らしくつなぐ意識でやってきた。そして、これからも日本を底上げする、価値のある活動を、できるだけたくさんの人たちと創り出していきたい。

あとがき

僕はなぜ、こんな本を書いたのか。それをお話しします。

ある美大で「尊敬するデザイナーは？」と質問したことがある。

驚いたことにその答えの半分以上は「いない」だった。


昔ばなしはあまりしたくはないが、現代に生きる40歳代以上のほとんどの人が、50年代や60年代にどことなく懐古的思いをもっている。

実はその根っこにあるのが、生きていくうえでの上下関係、先輩後輩、子弟関係、男女間の上下、果ては戦時中の軍隊の徹底した上下関係。

そういったピラミッド構造に裏づけられたポジションには責任と憧れがあった。

今はそんな構造が崩壊していると言っていい。

冷静にピラミッドのなりたちを分析すると、そこにはいつもメディアが関与していた。

新聞や映画などのメディアのレールが人々に対して、明暗とも言える上下、いや、上下というよりは明確な動かぬ立場をつくり出し、そこをはみ出してやろうなどとは思わせないほどに、メディアのレールは強固だった。
そして21世紀を迎え、インターネット、グローバル時代。
簡単に言えばメディアは崩壊に近い形で人の関係をフラットにしていった。
ひとりひとりのつぶやきがメディアとなり、
まったく無名でもひらかれたメディアを使えば目立つことができる。
そして、目立つということとスターになるということの違いが曖昧になり、
殺人を犯すことと、ノーベル賞をもらうことの違いすらわからない人が出てきかねない。

そんな時代で強く思った。

大震災のパニックの中でも物資配給の順番を守った日本人。

そんな誇り高き連帯意識がまだ人々に残っているうちに、自分の守備範囲を明確にし、
いまこうしてデザイン活動を続けることの素敵さを考えるきっかけをつくりたい。

みんなが社長になっては組織は動かない。

みんながオーケストラの指揮者になったら美しいメロディはいっこうに聞こえてこない。

人々は意識を持って並び、配置につくことで、ひとつの国の原動力となる。大切な伝統は残っていくべきであり、家族は愛情という大切なものを育む。そんな「位置関係」に少しでも興味を持ってほしい。

自分は一流になれないけれど、三流ではないという意識だけでここにいる。おそらく、絶対に一流にはならないし、もちろんなれない。

それに気づいたからこそやり遂げられたことは多いと思う。


先の学生たちの答えの「尊敬する人はいない」は、正確には「知らない」のだ。


この本を読んで、「自分はどこにいるか」に興味を持ってもらえたらうれしい。

この本でたとえるなら、自分もグラフィックデザイナーとして同業者でありながら、自分が本のデザインをすべきではなく、もっと狙いを絞り込める寄藤文平さんにお願いしたような、また、自分も編集者の端くれという立場を考えながら、尊敬する編集者、石黒謙吾さんに身を委ねたような、そんな幸せと重要性にひとりでも多くの人が気づいてほしい。

二流は野球にある「ポジション」と同じである。
外野手がピッチャーより下だと、もし、思うのなら、あなたは三流以下だ。

ナガオカケンメイ

Profile

ナガオカケンメイ

D&DEPARTMENT PROJECT 代表

1965年北海道生まれ。
日本デザインセンター原デザイン研究所を経て、
1997年ドローイングアンドマニュアルを設立。
2000年、デザイナーが考える消費の場を追求すべく、
東京・世田谷でデザインとリサイクルを融合した
新事業「D&DEPARTMENT PROJECT」を開始。
2002年、大阪・南堀江に2号店を展開する。
同時に、日本のものづくりの原点商品、企業だけが集まる場所としての
ブランド「60VISION」(ロクマルビジョン)を開始。
現在までに、カリモク、アデリアなど12社がプロジェクトに参加。
現在、地場の若い作り手とともに、
日本のデザインを正しく購入できるストアインフラをイメージした
「NIPPON PROJECT」を47都道府県に展開中。
北海道、静岡、鹿児島、沖縄にオープンし、
山梨、愛知、広島など数カ所に設立準備中。
2009年、デザインの視点で日本を紹介する
ガイドブック『d design travel』を創刊。
2012年、渋谷ヒカリエに47都道府県の個性を発信する
ミュージアム「d47 MUSEUM」、ストア、食堂をオープン。
http://www.d-department.com

Staff

著：ナガオカケンメイ

プロデュース・構成・編集：石黒謙吾

構成：井上健太郎

デザイン：寄藤文平 ＋ 杉山健太郎（文平銀座）

制作：林玲子（集英社クリエイティブ）、ブルー・オレンジ・スタジアム

二流《にりゅう》でいこう　一流《いちりゅう》の盲点《もうてん》　三流《さんりゅう》の弱点《じゃくてん》

発行日　2013年3月31日　第1刷発行

著　者　ナガオカケンメイ

発行者　礒田憲治

発行所　株式会社 集英社クリエイティブ

〒101-0051 東京都千代田区神田神保町 2-23-1

電話 03-3239-3811（出版部）

発売所　株式会社 集英社

〒101-8050 東京都千代田区一ツ橋 2-5-10

電話 03-3230-6393（販売部）

03-3230-6080（読者係）

印刷所　図書印刷株式会社

製本所　図書印刷株式会社

ISBN 978-4-420-31065-9 C0095